Maria Beig

# Urgroßelternzeit

# Maria Beig
# Urgroßelternzeit

## Erzählungen

Jan Thorbecke Verlag Sigmaringen

CIP-Kurztitelaufnahme der Deutschen Bibliothek

*Beig, Maria:*
Urgroßelternzeit: Erzählungen / Maria Beig. –
Sigmaringen: Thorbecke, 1985.
ISBN 3-7995-1659-X



Gesamtherstellung: M. Liehners Hofbuchdruckerei GmbH & Co., Sigmaringen
Printed in Germany · ISBN 3-7995-1659-X

# Inhalt

Die Pocken . . . . . . . . . . . . . 7
Der Fuchs . . . . . . . . . . . . . . 13
Das Kindbett . . . . . . . . . . . . 19
Der Biß . . . . . . . . . . . . . . . 31
Das Muttermal . . . . . . . . . . . 37
Josi . . . . . . . . . . . . . . . . 47
Des Bettlers Fluch . . . . . . . . . 64
Die Feindschaft . . . . . . . . . . 70
Das Elsternnest . . . . . . . . . . 79
Der Gockel . . . . . . . . . . . . . 94
Zwei Mütter . . . . . . . . . . . . 105
Bücher . . . . . . . . . . . . . . 120
Die Verrückte . . . . . . . . . . . 128
Pauline . . . . . . . . . . . . . . 134
Mundartbegriffe . . . . . . . . . . 143

# Die Pocken

Die Großmutter erzählte gerne, aber nicht aus ihrem Leben. Sie hatte es schwer gehabt und viel Böses erlebt, darüber schwieg sie lieber und preßte, wie es ihre Eigenart war, die Lippen fest aufeinander. Wenn sie aber von ihrer Mutter, deren Geschwistern und Eltern zu erzählen anfing, machte sie den Mund auf. Vor allem das Dorf kam dran mit den Leuten, die dort zu jener Zeit lebten. Die Großmutter muß es von ihren Verwandten gewußt haben, denn sie selber war zu jener Zeit, von der sie so gerne erzählte, noch gar nicht da, oder sie war noch ein kleines Mädchen. Auf irgendeinen mitteilsamen Menschen in der Familie müssen also ihre Erzählungen zurückgehen. Ob nach diesen wiederholten mündlichen Überlieferungen alles reine Wahrheit ist, darf bezweifelt werden. Die Großmutter sagte jedoch nach jeder ihrer Geschichten, daß sie wahr sei.

Ihre Mutter, also die Urgroßmutter, wuchs in einem schönen Dorf auf. Ihr Elternhaus war ein Gasthaus. Es steht heute noch mit seinem riesigen Dach, aber es hat sich sicher etliche Male verändert. Man kann sich dennoch gut vorstellen, wie es damals aussah. Die Fenster haben heute nur andere Rahmen, die Haustür ein anderes Holz, die Haustreppe eine andere Form. Die Stalltüren, durch welche die Gäste einst ihre Pferde führten, sind heute Kipptore für Autos. Zur Gastwirtschaft gehörte seinerzeit nämlich auch eine Landwirtschaft. Das große Haus steht mitten im Dorf; als Wirtshaus natürlich an der Straße, sogar an einer Straßenkreuzung.

Es muß dort früher unterhaltend gewesen sein, sogar lustig. Jetzt rauscht der Straßenverkehr, der wegen der Kreuzung durch eine Ampelanlage geregelt wird, an dem Haus vorbei. Doch diese Veränderungen erlebte die Großmutter nicht mehr. Vielleicht wäre dann das große Haus nicht so oft in ihren Geschichten vorgekommen. In früher Zeit wechselten dort immer wieder die Besitzer. Was die Großmutter von Haus und Dorf wußte, ist heute wohl kaum jemandem mehr bekannt. Der muntere Bach fließt dort aber immer noch. Auch die kleine Kapelle, nahe dem Gasthaus, steht unverändert. Dorthin gingen damals die Leute zu jeder Tageszeit, um in ihren Nöten zu beten. Das würden heute noch manche gerne tun, denn die Nöte sind nicht weniger, sondern nur anderer Art geworden. Aber heute ist die Kapelle geschlossen, es steht eine wertvolle Figur darin, die bei offener Tür längst gestohlen worden wäre. Bei einem Mann im Dorf müßte man den Schlüssel holen, wollte man beten, und derweil käme einem die Not gar nicht mehr so schwer vor.

Die Urgroßmutter hieß Pauline. Sie war ein lustiges, hübsches, vor allem ein flinkes Mädchen. Nur war sie klein geraten, während ihr um zwei Jahre älterer Bruder Hubert groß gewesen ist. Er und Pauline hatten die größte Freude am Gastbetrieb. Der Wirt, ihr Vater, war lieber Bauer und dazu noch Jäger. Abends setzte er sich jedoch gerne zu den Gästen. Dies waren Bauern aus dem Dorf und der Umgebung oder Handwerksburschen, die bei ihnen übernachteten, manchmal auch Herren aus der Stadt. Von allen erfuhr der Wirt, was für Ansichten herrschten. Er gab die seinen dazu und freute sich, wenn er sah, wie geschickt sein Sohn Getränke und Vesper aus der Küche brachte, und noch mehr, wie freundlich Pauline es den Gästen hinstellte. »Ja, es ist zu dieser Zeit eine gute Wirtschaft gewesen, die Leute sind gerne dort eingekehrt«, sagte die Großmutter, als sie diese Geschichte zu erzählen begann.

Als Hubert zu den Soldaten mußte, tat Pauline die Gasthausarbeit allein. Die Wirtin – so hieß man sie nicht, man nannte sie mit ihrem Nachnamen, dem man ein »in« anhängte wie allen Frauennamen des Dorfes – bekam man nämlich kaum zu sehen. Sie wäre lieber nur Bäurin gewesen. Den Reh- und Hasenbraten verstand sie aber gut zu kochen. Seinetwegen kamen damals die Herren aus der Stadt gerne in das Gasthaus. Küche, Stall und Hof bereiteten der Ururgroßmutter genug Arbeit. So ist es verständlich, daß sie nicht bei den Gästen saß, auch wenn sie es gewollt hätte. Zudem bekam sie im fortgeschrittenen Alter noch ein Kind, ein Annele. Es war – in Großmutters Geschichte – noch kein Jahr alt, als ihre Erzählung einsetzte. Außerdem war noch ein Sohn da, der den Hubert, als dieser zu den Soldaten mußte, hätte vertreten können, wenn er gewollt hätte. Er mochte weder Gastwirts- noch Bauernarbeit tun; er betete lieber. Sie wollten deshalb den Gebhard Pfarrer werden lassen. Doch nach etlichen Jahren wurde er von der Schule heimgeschickt, sein Verstand war solchem Studium nicht gewachsen.

Hubert diente noch nicht lange in der Kaserne, als ein Brief von ihm kam, der sie sehr erschreckte. In der Kaserne sei eine Seuche ausgebrochen, an der bereits drei Kameraden gestorben seien. Es war im Sommer. Sie hatten das Haus zugeschlossen; die ganze Familie war beim Heuen. Es war ihnen herb, und sie mußten schwer arbeiten. Der Wirt und Pauline hatten am Vormittag das Heu, das in Birlingen lag, zerstreut, und nun schoben sie es zu Schochen zusammen. Immer wieder bückte sich der Wirt, um einen grünen, noch nicht dürren Wisch herauszuziehen. Er hielt auch seine Tochter dazu an, denn solche Grasbüschel beginnen im Stadel im dichten Heu zu gären. Sie entwickeln dabei eine solche Hitze, daß es zum Brand kommen kann. Die Frau schwitzte beim Nachrechen nicht weniger als die anderen, nur Gebhard mochte nicht schwitzen. Aber auch er hatte etwas zu tun.

Es war die Bachwiese, auf der sie Heu holten. Sie lag tief, kein Windchen wehte, das bei dieser Hitze und Schwüle gut getan hätte. Zwei leere Wagen und die beiden Pferde standen im Schatten des Bachgebüsches. Die Pferde wurden vom Ungeziefer grausam geplagt. Gebhard hatte sie zwar mit Bremsenöl geschmiert, aber trotzdem warfen sie die Köpfe hin und her und stampften und schwanzten vergeblich. Mit einem belaubten Ast versuchte Gebhard, die Plagegeister von ihnen abzuwehren. Ab und zu schaute er auch in den Kinderwagen, der ebenfalls im Schatten stand. Das Annele schlief aber ruhig. »He, du Faulenzer, bring das Gespann!« rief der Wirt.

Pauline kletterte flink auf den Wagen, und ihr Vater gabelte riesige Wische hinauf. Sie packte diese und legte und stampfte sie zurecht. So einen Heuwagen »laden« war eine schwere, kunstvolle Arbeit. Nicht alle Leute konnten das. Aber mit seiner Pauline war der Wirt zufrieden, das Heu auf dem Wagen wurde gerade und riesenhoch. »Hol den Wiesbaum«, sagte er unwirsch zum herumstehenden Gebhard, der sogar helfen mußte, den Balken hochzuwuchten. Pauline schob ihn vorne am Heuwagen in den Galgen, der wie eine Leiter aussah. Die Männer zurrten das Seil, das vom Wiesbaum herunterhing, mit Jochen an der Windachse fest. Das Heu wurde auf diese Weise zusammengehalten. Der Weg von der Bachwiese bis zum Dorf war nämlich weit und holperig. Und ordentliche Leute verlieren unterwegs kein Heu vom Wagen. Darum kämmte die Wirtin das Heu auf allen Seiten mit dem Rechen sauber ab.

Als Pauline vom Wagen rutschen wollte, sah sie, weil sie so hoch oben war, einen Soldaten die Straße daherkommen. »Hubert!« schrie sie, war mit einem Satz unten und rannte ihm entgegen. Alle sahen es schon von weitem, daß er die Seuche hatte, so müde kam er daher. Da auch Anna inzwischen anfing zu schreien, brachte Pauline ihren großen

Bruder und die kleine Schwester heim. Am Abend, als der Wirt den Doktor mit dem Fuhrwerk geholt hatte, lag Hubert bereits im Schüttelfrost. Der Arzt brauchte nicht zu raten, was das für eine Krankheit sei. Überall fürchtete man die Blattern. Er schrieb auf ein großes, weißes Papier: »Hier herrschen die schwarzen Pocken« und heftete es außen an die Wirtshaustür. Rings um das Haus wurde Kalk gestreut, und kein Mensch, außer dem Doktor und dem Pfarrer, durfte das Haus betreten oder verlassen. Die Nachbarn brachten das Heu der Wirtsleute vollends ein und taten es einstweilen in ihre Stadel.

Die Großmutter wußte nicht, wie lange Hubert leiden mußte. Es sei aber schlimm gewesen, sagte sie. Pauline pflegte ihn und tupfte ihm die schweißenden und blutenden Blasen sorgsam ab. Wenn Hubert wegen eines Unfalls hätte sterben müssen, dann hätten sich der Pfarrer und die Ministranten in den kirchlichen Gewändern auf den Weg gemacht. Die Ministranten hätten mit dem Versehglöckchen geläutet, und alle Leute am Wege wären neben die Straße gekniet, hätten das Allerheiligste, das der Priester trug, angebetet und dabei an den sterbenden Hubert gedacht. In seiner Krankenstube wäre es feierlich zugegangen. So aber kam der Pfarrer schnell und verstohlen im schwarzen Gewand und ging sofort wieder. Oder wenn Hubert an einem Siechtum gestorben wäre, hätten alle Mädchen vom Dorf Rosensträuße gebracht, den Hubert angeschaut und ihm das Weihwasser gegeben. Man hätte gesagt, es sei ihm gut gegangen, er sehe schön und friedlich aus. So aber sah Hubert elend aus, obwohl er vorher der schönste Bursche des Dorfes war. Und gut gegangen ist es ihm auch nicht. Ganz schlimm war zudem, daß der Wirt die Leichsagerin nicht von Haus zu Haus schicken und sie bitten lassen konnte, man solle abends zum Beten und dann zur Leich kommen. Sicher wären drei Abende lang die Stube und der Saal voll schwarzgekleideter Menschen gewesen, die den

Rosenkranz beteten, denn die Wirtsleute waren weit bekannt und beliebt. So aber schob und zog nur der Schreiber den Sarg ein und aus. Niemand durfte zur Beerdigung.

Drei Tage vor Huberts Tod sah man dann, daß Anna die Krankheit bekam. Huberts Schatz kam durch den am Boden verstreuten Kalk ans Küchenfenster und erzählte, morgen würden alle Frauen des Dorfes eine Wallfahrt machen, um zu beten, daß das Kind bald sterben könne. Doch Annas Blasen fingen an zu trocknen. Es wurden häßliche, schwarze Rufen. Sie saßen so dicht im Gesichtchen, als habe man es mit Linsen überschüttet. Kein Glufenkopf hätte zwischen die Rufen gepaßt. Als die Pusteln abfielen, war Anneles Gesichtshaut ein grauschwarzes Narbenfeld. Es fing aber wieder an, mit seinen Äuglein zu blitzen und zu lachen. Alle weinten zunächst, wenn es lachte.

Damit schloß die Großmutter ihre Erzählung. Sie wußte auch, daß zu dieser Zeit die Pockenschutzimpfung Gesetz wurde. Die Enkelkinder schauten oft auf ihre Pockennarben: die vier großen am rechten Oberarm aus der Kleinkindzeit. Die Größeren zeigten stolz die beiden am linken Arm, die aus der Schulzeit stammten.

Im Dorf, in der Umgebung, bekam damals niemand mehr die Pocken. Der Wirt riß eines Tages das weiße Blatt von der Haustür weg; die Gäste kamen aber nur zögernd wieder. Es war eine traurige Zeit im schönen Haus. Pauline lachte kaum mehr, und Gebhard betete noch mehr als vorher.

# Der Fuchs

»Ein Unglück kommt selten allein«, so fing die Großmutter an, als sie wiederum von der Urgroßmutter erzählte. Das nächste Unglück kam aber erst zwei Jahre nach Huberts Tod.

In dem Hühnerstall eines Bauern am Dorfrand holte in einer Nacht der Fuchs alle Hennen samt dem Gockel. Es gab keinen, der nicht eine Wut auf den Fuchs gehabt hätte. Der Wirt, der das Jagdrecht in der Gegend hatte, nahm frühmorgens, als er zum Kleemähen ging, sein Gewehr mit. Das tat er gern und öfters, nicht selten brachte er auf dem Graswagen einen geschossenen Hasen mit.

Der Kleeacker lag am Waldrand. Als der Wirt gerade mähte, hörte er ein Geraschel, dann sah er ihn, den Roten. Im Waldrandgebüsch bewegte er sich nur wenig. »Er gräbt nach einer Maus und bemerkt mich nicht«, dachte der Wirt, schlich nach seinem Gewehr am Grabenrain, legte an und zielte. Nach dem Schuß rannte er in das Gebüsch. Dort angekommen, brüllte er so laut auf, daß von einer entfernt liegenden Wiese zwei Buben gelaufen kamen. Es war ihr Vater, den sie da liegen sahen, durch den Kopf geschossen. Sein Blut sickerte vom fuchsroten Haarwusch in den fuchsigen Vollbart. Wie oft hatten die Leute über diesen Mann gelacht, weil er so rot und dicht behaart war!

Als die beiden Söhne ihren toten Vater erblickten, schrie der Wirt nicht mehr, sondern stammelte nur noch: »Ich habe gemeint, es sei der Fuchs, der Fuchs...« Der Erschossene lag da – in seiner Notdurft, die zu verrichten er in den Wald gegangen war. So sagte es zwar die Großmutter nicht, sie meinte vielmehr, er habe seine Hosen umgedreht und sie noch nicht hochgezogen gehabt.

Außer den beiden Buben hatte der Bauer eine Stube voll

kleiner Kinder und war einer von des Wirtes besten Freunden gewesen. Nachdem er ihn getötet hatte, wurde er aus Verzweiflung ums Haar verrückt. Eine Gerichtsverhandlung gab es nicht, obwohl es wahrscheinlich besser gewesen wäre, wenn er sichtbar seine Schuld hätte abbüßen müssen. Alle vorrätige Munition warf der Wirt in die Güllengrube und schlug seine drei Gewehre in tausend Stücke... Nie mehr rührte er eine Waffe an, und die Geweihe und die ausgestopften Fasanen in der Gaststube riß er von der Wand und warf sie ins Feuer. Der Wildsaukopf landete auf dem Misthaufen. Anfangs ging er allen Leuten aus dem Weg. Nicht einmal in die Kirche wollte er mehr gehen. Auch sein Viertele am Abend trank er nicht mehr. »Unglück ohne eigenes Verschulden kann der Mensch verkraften, doch dies..., das ist schwer«, sagte die Großmutter. Den Wirt aber hat man nie mehr lachen sehen, selbst als Pauline wieder manchmal fröhlich war. Oft ging der Unglückliche mit einem Strick in der Hand im Stadel herum und schaute die Dachbalken an. Sein Sohn Gebhard lief ihm dann mit dem Gebetbuch in der Hand nach und las dem Vater Psalmen vor, in denen Menschen in Not zu Gott rufen, oder las die Geschichten von Hiob und Jakob. »Und wie war das mit dem Judas, he? Der war auch schuld am Tod seines Freundes!« So schrie er den Gebhard an und schob ihn weg. Pauline bettelte oft den Vater, er solle doch in die Gaststube kommen, der und der Herr sei da. Aber der Wirt wollte keine Unterhaltung mehr. Sicher hätte ihn seine Schwermut umgebracht, wenn sein pockennarbiges Annele nicht gewesen wäre. Das Annele strahlte Kraft aus und rettete ihm das Leben. Das Annele nahm er an der Hand, wenn er meinte, es gehe nicht mehr. Die Kleine marschierte tapfer mit dem traurigen Vater aufs Feld. Das Annele mit seiner Fröhlichkeit brachte ihn nicht gerade zum Lachen, aber immer wieder legte sich der Aufruhr in seinem Herzen, wenn das Kind plauderte und mit den Äuglein blitzte.

Der Witfrau half der Wirt, wo er konnte. Wenn sie mit der

Getreideernte hinter den anderen Hauswesen der Nachbarschaft zurückblieb, fluchte er den Gebhard an, er solle dort helfen. Er selber mähte, noch bevor die Sonne aufging, ihren Haberacker – noch vor dem seinen. Er beriet die Frau auch, ob sie den Ochsen gleich oder erst im Frühjahr verkaufen solle. Kam ein Kind aus der Schule oder gar zur Firmung, erhielt es vom Wirt ein Geschenk. Die Freude der Kinder tat ihm gut, doch das Unglück konnte er nicht verwinden.

Pauline hatte es mit der Gasthausarbeit nicht mehr so streng. Die Einheimischen mieden das gezeichnete Haus; eher kehrten Fremde bei ihnen ein. An einem Samstag kam einer, nur weil ein schweres Gewitter aufzog. Es war im Mai. Solche Frühlingsgewitter können böse tun. Der Gast war ein junger Bauer, näher am Bodensee daheim. Er kam aus der Stadt, wo er zwei Hütebuben geholt hatte. Der Pfarrer hatte es von der Kanzel verkündet: es werde ein Transport Tirolerbuben kommen, die Bauern sollten auf dem Markt welche holen. Schon in der Stadt war der Bauer mit den beiden Buben, einem größeren und einem kleinen, die er sich ausgesucht hatte, in einer Wirtschaft gewesen. Nun wollte er schnell heimfahren, um zum Mittagessen zu Hause zu sein. Da fing das Gewitter an. Er brachte gerade noch Pferde und Wagen unter das fremde Dach. Als sie in der Wirtsstube saßen, begannen Sturm und Regen zu toben. Pauline fragte, was es sein dürfe. »Hast du eine Suppe für die Hütebuben?« Eine Nudelsuppe gebe es. Da zuckte der Blitz und krachte der Donnerschlag. Das kleine Tirolerbüblein fing an zu weinen. Pauline sagte, es brauche sich nicht zu fürchten, sie seien ja im Haus. Das Kind ließ sich aber nicht trösten, es schluchzte weiter, und ein großer Jammer brach aus ihm: »Auf der Welt ist es nicht schön. Im Winter muß man in die Schule und im Sommer hat's Gwitter.« Darüber mußte Pauline herzlich lachen. Sie konnte damit nicht aufhören, auch als sie die Mahlzeit brachte, lachte sie noch. Sie mußte aufpassen, daß die Suppe nicht überschwappte. Das gefiel dem jungen Bauern. »Hast du sie selber gekocht?« fragte er, nachdem er probiert hatte. Da log Pauline, denn ihre Mutter hatte die gute Suppe zubereitet. Pauline mochte nicht gerne kochen, viel lieber auftischen. »Vielleicht wäre es besser gewesen, wenn Pauline die Wahrheit gesagt hätte«, meinte die Großmutter.

Der junge Bauer kehrte gleich am andern Tag, einem Sonntag, wieder ein. Sie wurden sich rasch einig. Pauline heiratete auf einen schönen, großen Hof. Sie ging gerne dorthin, wo keine Schwiegereltern, Schwägerinnen, nur Mägde, Knechte und im Sommer Hütebuben waren. Mit dem Gesinde konnte sie gut umgehen. »Ihr Mann merkte lange nicht, daß sie nicht gern und gut kochte«, sagte die Großmutter und lachte dabei ein bißchen.

Der Wirt gab Pauline ein schönes Vermögen mit. Auch das Erbe der kleinen Anna ordnete er. Zur Zeit von Paulines Hochzeit ging sie noch nicht in die Schule. »Hat der Wirt sich doch noch das Leben genommen?« fragte ein Kind die Großmutter. Da wurde sie böse. Das habe sie doch schon oft gesagt: »Er ist eines natürlichen Todes gestorben.« Er habe einfach keine Kraft mehr gehabt. Wenn die Großmutter wegen ihres Großvaters kampflustig war, dann wollten sie die ihr aufmerksam lauschenden Kinder kleinmütig sehen. Darum fragten sie nach der Frau des Wirts. Da mußte sie nämlich klein beigeben, denn sie wußte nicht, wie diese alle Unglücksfälle verwunden hatte, ob sie bei Paulines Hochzeit dabei war, ob sie vor oder nach dem Wirt gestorben oder gar noch mit dem Gebhard weggegangen ist. Daß von dieser Ururgroßmutter nicht die Rede war, kam den Kindern ungewöhnlich, sogar unheimlich vor, wo für sie doch Mutter und Großmutter so wichtig wie sonst niemand auf der Welt waren.

Gebhard verkaufte bald nach seines Vaters Tod Haus und Hof. Bei der Anstalt, die damals noch eine Art Kloster war, befand sich ein Anwesen. Es lebte dort nur eine Tochter, diese heiratete er. Sie hatten nur ein paar Schritte zu gehen, dann waren sie in der Anstaltskirche. »Sind sie recht bigottisch gewesen?« fragte Großmutters älteste Enkeltochter. Die Großmutter machte ein unwilliges Gesicht. »Es waren eben fromme Menschen, und sie waren die meiste Zeit in der Kirche. Gebetet hat der Gebhard immer lieber als gearbeitet.«

Die junge Anna, seine Schwester, die er mitgenommen hatte, mußte die meiste Arbeit verrichten. Wenn sie abends endlich fertig war, hatte auch sie in die Kirche zu gehen. Dort herrschte Stille. Anna war aber eher ein lautes Mädchen, das gerne, wie ihre Schwester Pauline, lachte und viel vor sich hinsang. Aber im Haus, in dem sie oft allein war, ebenso wie im Stall, wo sie nur das Schnaufen und Futtermalmen des Viehs hörte, war es still. So ist Anna allmählich auch verstillt.

Gebhard vermachte später sein ganzes Anwesen der Anstalt. Dafür sollten er und seine Frau auf Lebenszeit dort wohnen und verpflegt werden. Da hatten sie die Kirche im Haus. Man sieht darum schon lange nicht mehr, daß dort einmal ein Hof gewesen ist.

Auch Anna gedachte er mit ihrem Vermögen in ein Kloster zu geben, da sie mit ihrem Pockengesicht sowieso keinen Mann bekomme. Gebhards Frau wollte, da sie nun bei den Nonnen lebte, nur noch schwarze Kleider tragen. Für Anna mußte die Störnäherin, die sie deshalb ins Haus geholt hatten, ebenfalls dunkle Kleider nähen. Als das Ehepaar in der Kirche war, weinte Anna und sagte zur Näherin, daß sie viel lieber ein eigenes Hauswesen hätte, als ins Kloster zu gehen. »Warte, wir haben weitläufige Verwandte im Zocklerland. Ich glaube, der Sohn ist noch ledig.« Am Sonntag werde sie ihren Mann dorthin schicken. Er mußte gehörig marschieren;

nach der Frühmesse ging er los, und zum Mittagessen war er dort. Er hatte aber den Weg nicht umsonst gemacht; der Sohn war noch ledig. Der weitläufige Vetter rühmte Anna, er erwähnte deren beachtliches Vermögen. Die Pockenhaut verschwieg er aber nicht. Gleich am andern Sonntag kam der junge Bauer, nicht zu Fuß wie der Störnäherinsmann. Mit dem Fuhrwerk, zwei prächtige Fuchsen davorgespannt, fuhr er vor. Zuerst erschrak er, aber in der ersten halben Stunde merkte er, daß er mit Anna eine gute Ehefrau bekommen werde. Für Pauline war das Zocklerland ein bißchen zu weit fort. Sie hätte ihre Schwester oft gebraucht, zum Ratgeben in der Not oder zum Festen. Denn niemand konnte all dies so gut wie Anna.

Die Kinder meinten, als die Großmutter die Geschichte beendete, pockennarbig zu sein sei ein sicheres Zeichen für Güte und Fröhlichkeit. »Ja, und wie ist es dann der Pauline ergangen?« wollten sie wissen. »Allweg«, sagte die Großmutter und preßte die Lippen zusammen.

# Das Kindbett

Als Anna geboren wurde, erzählte die Hebamme, die anschließend zur Pflege kam, von einem Hauswesen, in dem zur gleichen Zeit ein Kind auf die Welt gekommen sei. Voller Entrüstung berichtete sie, daß dort das Kind erst zwei Wochen nach der Geburt, wenn die Wöchnerin wieder wohlauf sei, getauft werde. Das war des Entsetzens wert. Länger als drei Tage durfte ein Kind nicht ungetauft bleiben. Wenn die Großmutter darauf zu sprechen kam, verzog sie ein wenig unwillig ihr Gesicht: »Hier, bei meiner Schwiegermutter, mußten meine Kinder gleich am nächsten Tag, auch wenn es noch so kalt war, in die Kirche gebracht werden.« Die Mutter hatte bei der Taufe nicht dabei zu sein. Erst wenn sie nach dem Wochenbett den ersten Kirchgang getan hatte und dort »ausgesegnet« worden war, durfte sie sich wieder unter die Menschen begeben. Die Angst, ein Kind könnte ungetauft sterben, war im Volke groß. Die kirchlichen Gesetze erlaubten sogar die Nottaufe. Jeder Knecht, jedes Kind konnte dem Neugeborenen Wasser über das Köpfchen schütten und dazu sagen: »Ich taufe dich, im Namen des Vaters, des Sohnes und des Heiligen Geistes.« Dann hatte die Familie, starb das Kind, einen Engel im Himmel, und bei seiner Beerdigung sagte man zu den Angehörigen: »Ich gratulier' zum Engele.« Kam man aber mit der Nottaufe zu spät, wenn das blutige, blauschwarze Bälgchen nicht anfing zu schreien, wenn es nur einen Japser tat und die Äuglein keinen Augenblick öffnete für das Licht der Welt, dann war es ein großes Unglück für die Familie, das ein Leben lang auf ihr lastete. Außerhalb der Kirchhofmauer, wo auch ein paar Selbstmörder lagen, wurde es begraben. Darum waren zwei Wochen Frist zwischen der Geburt und der Taufe ein Frevel und Grund genug zur Entrüstung. »Heute sterben nicht mehr so viele Kinder in den ersten Tagen. Mir ist überhaupt nie eines klein gestorben«, sagte die Großmutter. Dabei machte sie ein stolzes Gesicht. Und aus dem Kreis ihrer Zuhörer war ein Seufzer der Erleichterung zu hören. »Außerhalb des Gottsackers wird auch niemand mehr beerdigt.«

»Warum war es aber bei jenen Leuten, über die die Hebamme so schimpfte, anders?« »Das will ich euch ja erzählen!« Der Hof gehörte zu einer anderen Pfarrei. Er lag abseits, ein Einzelhof, war aber einer der größten in der ganzen Umgebung. Man wußte nur, daß dort reiche Leute lebten. Eben in Paulines Jugendzeit hatte diese Familie nur einen Sohn. Obwohl er keine Geschwister ausbezahlen mußte, wurde gemunkelt: »Man wird ihnen bald verganten.« Der Sohn war ein Stolzer, kein Mädchen der Gegend war ihm gut genug. Er holte seine Frau vom Stadtrand, von einem Geschäft. Sie, die Elfriede, war fast über die Maßen schön. Der junge Bauer war in sie vernarrt, er war ihr verfallen, sogar »hörig«, sagte die Großmutter. Dieses Wort gefiel ihren Zuhörern, weil sie es noch nicht kannten.

Bald hieß es allerorten, wie verwöhnt die junge Frau sei. Sie wollte oft heim, zu ihren Eltern. Da wurde sie noch ganz anders gehätschelt und gepäppelt. Ihr Mann spannte dann am hellen Werktag großartig den Bernerwagen an und fuhr sie in die Stadt. Das nahm halbe, sogar ganze Tage in Anspruch. Anfangs sorgte der alte Bauer noch dafür, daß das Heu, wenn ein Gewitter drohte, trotzdem eingefahren wurde. Mit dem Knecht spannte er eben den Ochsen und eine Kuh vor den Heuwagen. Wenn der Alte aber nach der schweren Arbeit abends sah, was die Jungen alles aus der Stadt mitgebracht hatten, Schiblinge, Malaga, Spitzenzeug und Glasschüsseln, dann wurde er es langsam müde. »Du hast falsch geheiratet«, sagte er zu seinem Sohn.

Der alte Bauer ging immer schon gerne abends zum Wirt

und trank vom besten Wein. Nun ging er schon vormittags hin. Hubert und Pauline mußten aufschreiben. Am Sonntag schimpfte dann der Sohn mit dem Vater, weil er so viel bezahlen mußte. So zog der Unfriede ins Haus. Der Alte freute sich sogar, wenn das Heu zu Mist verdarb oder die Weizenkörner in den Ähren auswuchsen. So mußten sie Futter und Mehl dazukaufen. Für neue Saatkartoffeln wollte die junge Frau kein Geld ausgeben, und die alten Knollen waren zu müde, um eine rechte Ernte zu bringen. Die Knechte wechselten oft, denn ein rechter Knecht hat den Ehrgeiz, daß seine Arbeit Gewinn bringt, auch wenn er nichts davon hat. Nur die Gleichgültigen blieben längere Zeit, in der sie gerade nur das Allernötigste zu schaffen brauchten. Auch mit den Mägden war es so. Die junge Frau hatte eigens eine Hausmagd. Weil die Stallmagd sah, wie schön es diese hatte, mochte sie nicht mehr arbeiten, als nötig war.

Die alte Bäurin war tüchtig gewesen. Sie liebte besonders alle Haustiere. Auf der Fürsorge, die sie ihnen angedeihen ließ, beruhte einst der Reichtum des Hofes. Im Kalender vermerkte sie genau, wann eine Kuh trächtig wurde. War es dann Zeit, umsorgte und verwöhnte, beobachtete und bewachte sie das Tier; immerzu hatte sie etliche Kälbchen zu tränken und zu streicheln. Noch besser verstand es die Bäurin mit den Schweinen. Sie hatten jahraus, jahrein vier bis fünf Mutterschweine. Ihre Ernährung ist besonders heikel. Die Bäurin pflanzte im Garten extra für sie Mangold, damit genug Grünzeug im Schweinekübel war. Im Winter brühte sie Heublumen an. »Diese Loß mag Kürbisse und diese lieber Runkeln«, sagte die Frau, und »daß ja niemand Weizenmehl in ihre Kübel tut, nur Grisch und viel Schotten.« Um das Fressen für die Sauen sorgfältig herzurichten, stellte sie die Kübel der Reihe nach mitten in die Küche. Wenn ein Schwein am Ferkeln war, durfte in der Nähe des Stalles niemand laut reden oder eine Magd gar lachen. Schweine sind empfindliche, aufgeregte Tiere. Stunden- und nächtelang war die Bäurin im Schweinestall und wartete mäuschenstill, bis ein Ferkel zur Welt kam, um es sachte aus der Reichweite der Gebärenden zu ziehen, denn in ihrer Aufregung zertreten sie gerne ihre Jungen. Für all diese Mühe wurde die Bäurin belohnt. Alle paar Wochen konnten sie mit einem Ganter voller quietschvergnügter Ferkel auf den Markt fahren. Mit dem Ferkelgeld wurden die Dienstboten bezahlt. Dem hübschen, hoffärtigen Sohn konnte immer wieder ein neuer Schopen gekauft werden, und es reichte außerdem für des Bauern gutes Viertele am Abend.

Schon vor der Hochzeit des Sohnes merkte man, daß es im Kopf der Bäurin nicht mehr ganz richtig war. Jeden Tag fragte sie an die dreimal, was für einen Wochentag man habe. Nach der Hofübergabe verschlimmerte sich ihr Zustand rasch. Alles vergaß sie, außer daß sie jetzt eine Pfründnerin sei, die sich um nichts mehr zu kümmern habe. So standen nun die Saukübel hinterm Haus; irgendeine Magd warf Kartoffeln und Weizenschrot hinein, den Mastsauen und den Mutterschweinen dasselbe. Diese warfen Speckferkel, dicke, grauschwarze Dinger, die allesamt den dritten Tag nicht überlebten. Länger als gerade schnell zum Füttern und Misten mochte keine Magd im Schweinestall bleiben; die Frau ging erst gar nicht hinein. Einmal vergaßen sie ein Tier draußen über Nacht im Gatter. Es mußte dort seine Jungen werfen. Weil ihm die Umgebung zu ungewohnt war, biß es die Ferkel tot und fraß sie zum Teil sogar auf. Die junge Frau ekelte das. Sie lamentierte, und der Mann sagte rasch: »Dann hören wir auf mit der Schweinezucht.«

Mit der Hühnerzucht war es ähnlich. Die alte Bäurin setzte im beginnenden Frühjahr die ersten Hennen, wenn sie brütend wurden, sorgfältig unter eine alte Truche auf eine Anzahl schöner Eier. »Wenn die Getreidewagen im Hof fahren, dürfen keine kleinen Kücken mehr herumlaufen«, sagte sie. So ein junges Hühnchen hat zu wenig Kraft für einen strengen Winter und wird nie eine gute Legerin. Den ganzen Sommer über hatten sie ein paar arme Kinder auf dem Hof, die auf das Ziefer aufpassen mußten. Fuchs, Hack und Krähe hatten hier keine Gelegenheit zu stehlen. Im Spätherbst griff die Bäuerin die Hennen ab; sie merkte es genau, welche imstande waren, im Frühjahr wieder zu legen. Unnötige Fresserinnen sortierte sie aus. Es gab also Hühnersuppen, Gockelbraten und Eier, soviel man wollte. Vom Eiergeld kauften sie Salz, Zucker und Essig.

Nach der Hochzeit des Sohnes mußte die Hausmagd jedoch ins Dorf zur Müllerin, um Eier zu kaufen. Mit der Nachzucht klappte nichts mehr, denn sie ließen die Hennen wahllos brüten, wann und wo sie wollten, auch noch im Juli im Heustock. Der Marder fraß dann die Eier oder die Jungen. Einmal fanden sie die schwarzweißgescheckte Henne merkwürdig still auf den Reisigbüscheln sitzen. Als man sie hochhob, war sie hopfenleicht: das Wiesel hatte ihr das Blut ausgesaugt, auch die Eier waren leer. Dann bekamen die Hühner den Pips, eine Art Schluckauf, und legten überhaupt nicht mehr.

Auch im Kuhstall hatte der Bauer Unglück. Manche Kälberkuh ging drauf, und immer wieder mußte er ein Kalb verlochern. Die junge Frau mochte nur die Katze, einen dicken Rälle, der faul auf ihrem Schoß lag und sich streicheln ließ. Die Mäuse durften tun, was sie wollten. »Haustiere brauchen auch eine Mutter, fast wie Kinder, in Güte und Strenge«, sagte die Großmutter, wenn sie von diesem Aushausen erzählte. Als der Bauer sieben Jahre verheiratet war, steckte er schon tief in Schulden. Seine Frau trieb ihn an, Wiesen zu verkaufen, doch davor schreckte er noch zurück. Der Alte hatte sich inzwischen totgesoffen. Die Pfründnerin saß stumpfsinnig bei ihrem Enkel, der ein Jahr nach der

Hochzeit auf die Welt gekommen war. Keine Frau hatte weit und breit je eine so schwere Geburt! Nachher klagte die Frau, nie mehr könne sie ein Kind bekommen. Der Arzt habe es selber gesagt, ein zweites würde sie das Leben kosten.

An ihrem Luxus ließ sie das Kind nicht teilhaben. Es durfte selten mit in die Stadt, denn sie meinte, es sei nicht schön genug. Der Bub glich nämlich seinem Großvater, und diesen hatte die Frau gehaßt. Manchmal hätte man meinen können, sie sei dem Büblein böse, weil es ihr bei der Geburt solche Schmerzen bereitet hatte. Sie überließ das Kind fast die ganze Zeit der Hausmagd und der Schwiegermutter.

Nach und nach begann der Bauer, wenn er seine Frau zu ihren Eltern gebracht hatte, nicht mehr dort, sondern in einem Gasthaus auf sie zu warten. Damit fing es an. Er mochte zuerst ihre Eltern nicht mehr. »Ja, war er ihr nicht mehr hörig?« fragte ein Kind die Erzählerin. Das schon, meinte die Großmutter, er mußte ihr gehorchen, sie hatte eine seltsame Macht über ihn, aber er mochte sie immer weniger. Ihr war dies einerlei. Aber auf ihm lastete es schwer, daß sie keine Kinder mehr haben durften. Er wußte, wie traurig es ist, auf einem so abgelegenen Hof allein aufzuwachsen. Wenn er aber der Frau schöntun wollte, stieß sie ihn weg. Dieses ewige »laß sein, geh weg« verwandelte seine Liebe allmählich in Haß. »Mit den Eltern kann sie schmusen«, dachte er wütend und stapfte zum Wirtshaus. Als er dort einmal wartete, hörte er, wie am Nebentisch ein Mann zu einem andern sagte, seine Frau sei gestorben. Er habe für sie aber eine Lebensversicherung abgeschlossen und eine große Geldsumme bekommen. Der bedrängte Bauer fing an zu brüten. Er schlich durch die Stadt. Plötzlich sah er ein Schild: Versicherungsbüro, Lebensversicherungen! Es war ihm vorher nie aufgefallen. Er brauchte einige Wochen bis zum endgültigen Entschluß, dann ging er in die Stadt und versicherte das Leben seiner Frau. Recht hoch setzte er die Prämie, höher als seinen Schuldenberg. Zur Bezahlung der ersten Prämie verkaufte er ein Stück Wald. Man fragte ihn, ob seine Frau gesund sei. »Ja, kerngesund.« Ob sie in anderen Umständen sei? »Nein, sie darf kein Kind mehr bekommen.«

Jetzt war er am Rechnen. Zu bald durfte es nicht sein. Er mußte den richtigen Zeitpunkt abwarten. So beobachtete er die Frau genau, wann sie ihre Tage hatte, und dann war er ein paarmal grob mit ihr. Die Großmutter wurde rot, als sie dies erzählte, sie verbesserte sich auch schnell und sagte: »Er ließ den Dingen ihren Lauf.« Aber sie mußte es ja erwähnen, denn es war ein wichtiger Teil der Geschichte.

Die Frau führte sich wie eine Wahnsinnige auf. Sie beschimpfte ihren Mann, sie hieß ihn sogar einen Mörder. Dann fragte sie einen Arzt, ob man das Kind nicht wegmachen könne. Aber alle weigerten sich, denn das war hoch strafbar. Ungeborenes Leben sei heilig, wertvoller als eine schöne Frau. Eine seltsame Ruhe herrschte im Haus, als die Zeit näher rückte. Je näher das Ereignis kam, desto zuversichtlicher wurde die Frau, es könne doch alles gut ausgehen. Und eines Tages setzten die Wehen ein. Die Frau schrie, daß es durchs Haus hallte. Arzt und Hebamme waren bei ihr. Der Bauer saß unten am Tisch, den Kopf zwischen den Fäusten und horchte und hoffte. Bei der ersten Geburt hatte sie einen ganzen Tag lang geschrien. Diesmal war es schon nach einer Stunde oben still. Dem Mann war es, als falle eine Zentnerlast von ihm. Dann kam der Arzt und sagte: »Jetzt können Sie zur Frau; wir haben eine schöne Tochter.« Der Bauer zitterte und war totenbleich, als er zu ihr ging. »Ja, hast du denn eine solche Angst um mich gehabt? Guck, wie hübsch das Kind ist.«

Sie war eine fröhliche Wöchnerin, die bei der Taufe dabeisein wollte. Sie wollte nicht nur dabeisein, sondern aus der Taufe auch ein großes Fest machen mit vielen Gästen aus der Stadt. Viel Geld brauchte sie von ihrem Bett aus. »Du hast doch Wald verkauft«, herrschte sie den Mann an. »Ich mußte Schulden bezahlen.« »Dann verkaufe noch ein Stück.« Nichts dünkte die Frau nutzloser als ein Stück Wald, und nichts brauchte sie dringender als Bargeld. Der Bauer holte beim Grundstückshändler einige Tausender für einen weiteren Teil seines Waldes. Die Hausmagd mußte einkaufen. Das kleine Mädchen wurde gebettet, als ob es eine Prinzessin sei. In dieses Kind war die Frau rein vernarrt.

Es war schon die zweite Woche nach der Geburt, mitten in der Woche an einem Hochsommertag. Am Sonntag sollte das große Fest sein. Die Frau wollte bis dahin noch im Bett bleiben, damit sie ganz zu Kräften komme. Der Tag war heiß und gewittrig. Der Bauer saß mit dem Gesinde, einem Knecht und den beiden Mägden, beim Mittagessen. Die alte Bäurin war mit dem Essen an jedem Tag ungeduldig. Da sie es nicht mochten, wenn sie mit am Tisch saß, bekamen sie und der Bub schon um elf Uhr ihr Essen. Sie waren noch nicht halb fertig, als sie einen Handwerksburschen auf das Haus zukommen sahen. Es war kein heruntergekommener Kunde, sondern ein großer, kräftiger, junger Bursche in Zimmermannstracht. Er klopfte ordentlich an die Stubentür und bat um einen Teller Suppe. Nun fuhr es dem Bauern in die Knie, es jagte ihm ins Herz und zuckte ihm durchs Gehirn. Er schrie seine Dienstboten an: »Seht ihr denn nicht, daß ein Gewitter am Himmel steht? Laßt dem Gesellen etwas übrig – hinaus aufs Feld!« Die Hausmagd stotterte: »Ich, die Frau, der Kaffee, der Besuch ...« »Hinaus!« brüllte er sie an. Zum Fremden sagte er, er solle ruhig alles aufessen. Mit dem stumpfen Teil der Axt schlug er dann mit aller Wucht auf den Kopf seiner schlafenden Frau.

Dann brachte er alles schnell in Unordnung, zog Schubladen heraus und durchwühlte die Nachttische. Das Geld aus seiner Sonntagshosentasche versteckte er hinter einem Stapel Wäsche. Den wertvollen Schmuck der Frau – sie hatte ihn von ihren Eltern bekommen – verbarg er in seinen Socken. In wenigen Minuten war der Spuk vorbei, und er schlich die Treppe hinunter. Rasch spannte er die Rösser vor den Wagen. Beim Nußbaum, in dessen Schatten seine Mutter auf der kleinen Bank döste und zu ihren Füßen der Kleine sandelte, hielt er an: »He, Großmutter, in der Stube ißt ein Handwerksbursche. Schließe die vordere Tür zu, wenn er gegangen ist. Und vergiß nicht, um zwei Uhr will Elfriede ihren Kaffee. Die Hausmagd muß auf dem Feld helfen.« Dann rumpelte und rappelte er dorthin. Die Dienstboten hatten gerade eben erst angefangen, das Getreide zu binden. Trotzdem tadelte der Bauer sie nicht, sondern er sagte zum Knecht: »Komm, laß mich binden, trage du und die Magd an.« Das Garbenbinden war die schwerste Arbeit bei der Getreideernte. An diesem Tag konnten aber Knecht und Magd kaum genug Heckel antragen, so groß wollte der Bauer die Garben. Die Hausmagd durfte die Strohbänder legen und deren Enden ihrem Herrn reichen. Das war eher eine Kinderarbeit. Der Bauer sagte aber, sie sei die schwere Arbeit nicht gewohnt. Insgeheim wunderten sich die Dienstboten über die Aufgeräumtheit, Arbeitslust, ja Fröhlichkeit des Bauern.

Um drei Uhr kam aus der Stadt die Wochenbettbesucherin. Sie weckte die wieslose, alte Bäurin, die vergessen hatte, die Türe zu schließen und den Kaffee zu bringen. Der Enkel hatte zu ihren Füßen die Sandburg fertiggebaut.

Schreiend rannten sie, nachdem sie die Leiche entdeckt hatten, zum Acker. Entsetzlich! Der Handwerksbursche! Alles lassen, wie es ist! Sogar ein Geldstück auf den Tisch legen – so ein Lump! Nach allen Richtungen jagten sie. Eine Wöchnerin neben dem Kind erschlagen – von so einem gemeinen Verbrechen hatte man noch nie gehört. Wie ein Lauffeuer verbreitete sich die Kunde in Windeseile. Überall herrschte Aufruhr.

Um fünf Uhr grollte der erste Donner, und ein Platzregen

setzte ein. Der Zimmergeselle war, wohlgestärkt, rasch vorangekommen. Kurz vor der übernächsten Stadt flüchtete er vor dem Regen in einen Heuschober. Dort nahmen ihn die Landjäger fest und legten ihm sofort Handschellen an. »Und das bei einem Wohltäter!« schrie ihn ein Polizist an. »Ich habe für das gute Essen Geld auf den Tisch gelegt.« »Hei, und das viele Geld, der Schmuck, die Tatwaffe?« Sie tasteten ihn ab und durchsuchten den Schuppen. »Hast es unterwegs vergraben. Warte nur, man bringt alles aus dir heraus!« Nur langsam begriff der Geselle, wessen man ihn beschuldigte.

Schon damals saßen gescheite Herren zu Gericht. Beim ersten Verhör zweifelten sie an der Schuld des Zimmermanns. Er mußte ganz genau schildern, wie er zu dem guten Mittagsmahl gekommen war. Dann spürten sie der Vermögenslage des Bauern nach und stießen auf Schulden, Waldverkauf und Lebensversicherung.

Während der Beerdigung der Frau kamen vier Herren auf den Hof. Zwei Polizisten waren dabei. Sie zeigten der alten Frau einen Zettel, sie sah aber fast nicht mehr. Die Magd, die sie herbeiriefen, konnte gar nicht lesen. Sie zeigte die Treppe hinauf, denn sie dachte, daß die Herren das Zimmer sehen wollten, in dem der Landstreicher die Frau erschlagen hatte. Sie fanden bald das Geld zwischen der Bettwäsche und auch den Schmuck in den Socken. Einem der Polizisten war bekannt, daß der Bauer und das Gesinde unbrauchbares Gerät unter die Hobelbank warfen. Dort entdeckten sie die Axt, an der vertrocknetes Blut klebte.

Dann warteten sie in der Stube. Angesichts des schrecklichen Todes seiner Frau hatte der Bauer kein Totenmahl gehalten. Er kam allein auf das Haus zu. Die Männer konnten ihn vom Fenster aus beobachten, weil das Haus auf einer Anhöhe lag. Der Bauer ging schleppend, mit gesenktem Kopf und starrem Gesichtsausdruck. An der Haustreppe angekommen, drehte er sich um. Jetzt fiel die Trauermaske von seinem Gesicht. Erlöst und freudig schaute er eine lange Weile über seine Wiesen und Felder. Nun schien es, als sei die Faust, die ihn im Nacken gepackt hatte, von ihm gewichen. Er reckte den Kopf höher. Als er die Stube betrat, sagte einer der Herren: »Im Namen des Gesetzes, Sie sind verhaftet.« Da senkte er den Kopf wieder.

»Der Bauer hat es nicht geschickt genug gemacht«, sagte eines der älteren Kinder. Die Großmutter war entsetzt. »Du wirst doch um Gottes willen nicht meinen, der Bauer habe recht getan«, erwiderte sie, denn sie spürte, daß der Mord des Bauern entschuldigt werden sollte. »Nein, das meine ich nicht, aber er hätte der Frau gleich nach der Hochzeit den Buckel vollschlagen müssen, dann hätte er sie nicht umzubringen brauchen.« »Ich bin froh für den Handwerksburschen. Er ist sicher nie mehr in unsere Gegend gekommen«, meinte eine Zuhörerin.

Weil der Bauer in einer Notlage gewesen war und die Frau das Gut verschwendet hatte, verurteilte ihn das Gericht nicht zum Tode, sondern zu lebenslänglichem Zuchthaus. Ein verwandtes Ehepaar, das kinderlos war, bearbeitete den Hof für die Kinder. Sie schufteten schwer. Immer wieder kamen Hofhändler, die ihnen klar zu machen versuchten, wie dumm es sei, zu zinsen, zu zahlen, sich abzurackern und nichts vom Leben zu haben. »Wir tun es ja für die Kinder«, sagten sie. Der Sohn war Zeuge dieser Gespräche; er liebte und verehrte seine Pflegeeltern. Er arbeitete bald gehörig mit und half sparen. Als er ins heiratsfähige Alter kam, hatten sie die Schulden getilgt.

Seine Schwester war außerordentlich hübsch, doch mußte sie von ihrer Ziehmutter manche Strenge erfahren. Sobald es nur ging, verheiratete man sie an einen weit entfernten Hof. Ihr Mann wußte, daß Schönheit eine gefährliche Mitgift ist. Er schätzte und förderte andere Tugenden seiner Frau.

Lebenslänglich ist nicht lebenslänglich. Eines Tages kam

ein Brief aus einer norddeutschen Stadt, in der ein großes Zuchthaus stand. Der Vater, so hieß es, komme heim. Der Sohn eilte erschreckt zu seiner Schwester. Er erinnerte sich noch an seine schöne Mutter, hatte eine verschwommene Vorstellung vom Vater und dem furchtbaren Ereignis. »Wahrscheinlich eine falsche«, meinte die Großmutter, denn der Sohn wollte den Vater nicht aufnehmen. »Siehst du, jetzt sagst du es selber«, trotzte der Zuhörer, der den Vater kurz zuvor in Schutz genommen hatte. Die Tochter nahm den entlassenen Sträfling auf, einen fremden, alten, kahlköpfigen Mann. Aber es gefiel ihm bei ihr nicht; das waren nicht seine Felder und Wiesen. Die Tochter, so lieb sie auch zu ihm war, sah zu sehr seiner Frau ähnlich. Nach ein paar Monaten starb er. »Er hat seine Tat schwer gebüßt«, beendete die Großmutter ihre Erzählung. »Jetzt sage nur noch, Gott wird ihm gnädig gewesen sein. Vielleicht gnädiger als sein Sohn.« Da zürnte die Großmutter dem hartnäckigen Zuhörer ernstlich. Er brauche ihren Erzählungen gar nicht mehr zuzuhören, schimpfte sie, er sei zu groß dazu.

# Der Biß

Auf einem Hof im Dorf lebte ein Ehepaar, das nur ein einziges Kind hatte, ein Mädchen namens Katharina. Als der Wirt, Paulines Vater, noch jung war, hatte er mit Katharina ein Gspusi. Doch bald trennten sich ihre Wege. Er schaute sich nach einer Köchin für seine Wirtschaft um, und sie suchte einen Bauern für den Hof, den sie einmal erben sollte.

Als das Mädchen an einem Frühlingstag von der Kirche heimging, stand der Wirt vor dem Haus, den kleinen Hubert auf dem Arm. Katharina nahm ihm das Kind ab und hob es hoch, daß es jauchzte. »Wir haben seit Lichtmeß einen Knecht«, sagte sie beiläufig. Als der Knecht, Korbinian hieß er, am Sonntagmittag mit anderen jungen Burschen in die Wirtschaft kam, schaute ihn der Wirt genau an. Er gefiel ihm, er war ein hübscher Bursche. Der Wirt redete mit ihm und erfuhr, daß er der vierte Sohn auf einem Bauernanwesen sei. »Ah, von der Zwiefaltener Gegend, vom Ungerecheten kommst du«, lachte der Wirt. Der Knecht lachte mit und sagte, es gefalle ihm hier in dieser fruchtbaren Gegend. Alle Leute im Dorf mochten den freundlichen Burschen; am liebsten mochte ihn Katharina. Ihr Vater, der Bauer, tat den ganzen Sommer über noch recht sperrig. Er hatte nichts gegen den Jungen, aber es gefiel ihm nicht, daß sich seine Tochter in einen Knecht verliebt hatte. Als er aber bei der Ernte sah, wie fleißig sich Korbinian um alles kümmerte, so als ob es sein eigener Besitz sei, gab der Bauer dem Drängen von Frau und Tochter nach und sagte: »In Gottes Namen.« An der Kirchweih wollte Korbinian heimfahren, um seinen Erbteil abzuholen. Von einem Vetter sollte er auch noch Geld bekommen. Im Januar, wenn alles geregelt wäre, sollte dann die Hochzeit sein.

An einem schönen Herbsttag waren sie gerade dabei, die Kartoffelernte einzubringen. Der Bauer führte die Pferde, und der Knecht hielt den Pflug in den Fäusten. Jede zweite Kartoffelreihe pflügten sie auf, doch nicht viele, höchstens sechs Furchen. Nur wenn die Kartoffeln frisch und feucht sind, kann man sie leicht ausharken. Der Boden fällt von ihnen ab, und es ist eine Freude, die feuchten, frisch riechenden Knollen aufzulesen. Liegen sie aber längere Zeit in der offenen Furche, verkrustet die Erde an ihnen. Harken und Auflesen bereiten dann keinen Spaß mehr. Darum harkten die Mutter und Katharina flink. Diese Arbeit taten beide gerne. Man braucht sich dabei nicht zu bücken, denn die Harke hat einen langen Stiel mit vier kurzen Zinken und ist so leicht, daß die Arbeit keine Mühe bereitet. Die Herbstsonne spendete die letzten warmen Strahlen, und Altweibersommer lag in der Luft. Die Ernte war reichlich, sie sahen vor allem kaum eine angefaulte Kartoffel darunter. Weil der Knecht den Pflug so geschickt führte, wurde auch nur selten eine beschädigt. Die beiden Frauen waren guter Stimmung. »Am Samstag fahren wir in die Stadt wegen der restlichen Leinwand«, sagte die Mutter. »Auch den Barchet kaufen wir. Der Vater hat gesagt, wenn die Kartoffeln im Keller seien, dürfe ich immer in der Stube bleiben und nähen. Am Mittwoch kommt die Näherin«, sagte Katharina. »Ja, jeden Tag darfst du nun an deiner Aussteuer nähen, das hat der Vater auch zu mir gesagt«, erwiderte die Mutter.

Der Bauer kam und nahm Katharina die Harke aus der Hand. Der Knecht hatte die Pferde ausgespannt, um sie auf der neben dem Acker liegenden Wiese weiden zu lassen, bis sie zum letzten Furchen gebraucht wurden. Korbinian und Katharina fingen an aufzulesen. Der große Korb, der zwei Henkel hatte, war im Nu voll. Sie trugen ihn miteinander zum bereitstehenden Truchenwagen. Er war hoch, mit geraden Seitenwänden. Man brauchte ihn für die Kartoffel- und

Rübenernte oder zum Transport von Sand und Kies. Eine Seitenwand ließ sich herausnehmen; mit einer Winde konnte man den Truchenwagen schräg stellen. Dann kullerten die Kartoffeln auf der Rutsche durch ein Fenster in den Keller, auch die letzte Runkel oder der restliche Sand fiel auf die Erde.

»Das ist zu schwer für dich«, sagte Korbinian, und mit einem Schwung leerte er den Inhalt der schweren Krätte in den Wagen. Wenn der Henkelkorb, in den sie die kleinen Kartoffeln warfen, voll war, hielt Katharina den Rupfensack auf. Dabei kamen sich die beiden ziemlich nahe. Wenn Korbinian sah, daß die Eltern nicht herschauten, küßte er schnell das Mädchen. Flink und lustig taten die beiden ihre Arbeit. Als die letzten Reihen zum Auflesen bereit lagen, sagte der Knecht zum Bauern: »Ihr braucht euch nicht zu bücken.« Da lachte dieser und sagte, er gehe derweil, um im Stall mit der Arbeit zu beginnen. Die Bäuerin fragte, was sie zum Vespern herrichten solle. Im Weggehen beobachteten die Alten das Paar noch ein wenig und nickten zufrieden einander zu.

Nun mußten die beiden rasch auflesen, denn im Herbst dämmert es geschwind. Als wieder ein Korb voll war und sie sich aufrichteten, bemerkten sie ein Reh ganz in ihrer Nähe am Waldrand. Im selben Moment hatten es auch die Pferde gesehen. Sie spitzten die Ohren, wieherten ängstlich und näherten sich den Menschen. Das Reh äste nicht; es schaute nur zu ihnen her. Katharina klatschte in die Hände und Korbinian schrie »he«. Das Reh rührte sich aber nicht, es schaute nur. Sie begaben sich wieder an die Arbeit. Als sie abermals aufschauten, war es verschwunden. Jetzt verflog ihre gute Stimmung, stumm arbeiteten sie weiter. Der Korb kam ihnen schwerer vor, und der Rücken schmerzte ihnen. Als Korbinian dann die Pferde holte, um sie vor den vollen Truchenwagen zu spannen, sagte er: »Hier, am Graben entlang, kann ich noch einmal mähen. Es gibt einen halben Wagen voll Gras.« Doch er fühlte sich zerschlagen und lustlos.

Als er am andern Morgen mähte, kam wieder das Reh aus dem Wald. Er sah, daß es eine Rehgeiß war, die man nicht zu fürchten brauchte. Trotzdem zischte und rief er, um es zu verscheuchen. Doch das Reh näherte sich ihm rasch. Er dachte, es sei ein zahmes, ein von Menschen aufgezogenes Tier und wollte es streicheln. Da biß es ihn plötzlich in den nackten Unterarm. Fest packte es zu mit seinen stumpfen Zähnen. »Du Herrgottsiech, du elender«, fluchte der Knecht. Er schlug mit dem Stiefel nach ihm. Da griff das Reh noch einmal an und biß sich im Oberarm fest, durch den aufgekrempelten Hemdsärmel. Nun schlug Korbinian mit der offenen Sense zu. Das Reh flüchtete blutend in den Wald. Er brachte die Mahd kaum zu Ende, so müde wurde er.

Daheim flößten sie Schnaps auf die Wunden, und Katharina verband den Arm. Ein Reh! Das stimmte alle traurig. Wenn es wenigstens ein Fuchs oder eine wildernde Katze gewesen wäre! Als sie am andern Tag die Binden abnahmen, waren die stumpfen Wunden schon fast verheilt. Die Traurigkeit verließ den Knecht aber nicht mehr, auch Katharina war elend zumute. Wenn sie ihn fragte: »Korbi, tut es noch weh?« entgegnete er unwillig: »Frag nicht immer, es tut kaum mehr weh.« Fast zwei Wochen lang verrichtete er lustlos seine Arbeit. Obwohl Katharina zum Nähen in der Stube bleiben durfte, weinte sie vor sich hin. »Eine Braut muß lachen und juchzen«, sagte die Näherin, »sonst soll sie das Heiraten bleiben lassen.« »Wenn es wenigstens kein Reh gewesen wäre«, schluchzte sie daraufhin. Korbinian war eben in die Stube gekommen und hatte die letzten Worte noch gehört. »Hör endlich auf mit deinem ewigen Reh!« brüllte er sie an. Katharina sah, daß er zitterte, und sie wollte ihn streicheln und küssen. Er stieß sie aber grob weg. »Morgen ist Kirbe«, sagte darauf Katharina verstimmt und etwas vorwurfsvoll. »Kirbe, Kirbe, alles ist eine Kirbe!« antwortete Korbinian gereizt und trommelte mit den Fäusten auf den Tisch. Vom Heimfahren verlor er kein Wort mehr. Die Näherin drehte verstört an der Nähmaschine, und Katharina lief weinend zum jungen Wirt. Sie erzählte ihm vom Biß und wie sich Korbinian seitdem verändert habe. Der Wirt wurde bleich. Er brüllte Katharina an: »Seid ihr denn hinterm Mond daheim? Habt ihr denn nicht gehört, daß in Weiler ein tollwütiger Fuchs eine Kuh auf der Weide gebissen hat? Ihr hättet sofort zum Arzt gehen müssen!« Dann rannte er davon und spannte das Fuhrwerk an, um den Doktor zu holen. Als Katharina heimkam, lag Korbinian im Bett; er habe Kopfweh, hieß es. Als sie seine Kammer betrat, schrie er ihr entgegen: »Durst!« Das Getränk, das er gierig zu sich nehmen wollte, konnte er aber nicht schlucken, selbst sein Speichel troff aus dem Mundwinkel. Der Doktor mochte den Namen der schrecklichen Krankheit nicht aussprechen. Die starken Männer der Nachbarschaft pflegten Korbinian; sie flößten ihm vor allem Schlafmittel ein. Als er versehen war – beichten und kommunizieren konnte er nicht mehr – sagte der Arzt, nun sollen sie ans Werk gehen. Die Frauen, die älteren Männer und alle Kinder eilten in die Kapelle, um zu beten. Als sie die drei Rosenkränze des Psalters fast zu Ende hatten, kam der Wirt und sagte, es sei vorbei. Korbinian war still geworden unter den vielen Federbetten, Schlitten- und Roßdecken, die sie auf Kommando über ihn geworfen hatten. So müssen sie es machen, sagte der Doktor, denn es sei zu gefährlich, einen tobenden, tollwutkranken Mann bis zuletzt zu pflegen.

Hinter dem Totenwagen fuhr der Bauer, mit Katharina neben sich, den weiten Weg in das Dorf bei Zwiefalten. Die Leute dort wunderten sich über das verzweifelt weinende fremde Mädchen. Der Korbi war doch nichts Besonderes, raunten sie einander zu.

Die Kinder wollten natürlich wissen, wie es Katharina weiter ergangen sei. Die Großmutter wußte aber nur, daß sie ledig geblieben war, obwohl es nicht an Freiern gefehlt hatte. Vielleicht hatte sie gemeint, sie wollten sie nur wegen des Hofes. Oder sie hatte den Korbi unter den Decken nicht vergessen können. Sie wirtschaftete lange allein; dann übergab sie den Hof einem jungen Verwandten. Vielleicht hütete sie dessen Kinder oder sie nahm am unglücklichen Schicksal des Wirtes Anteil und war froh, daß sie ihn nicht geheiratet hatte. Vielleicht bemitleidete sie ihn und freute sich, als Anna einen rechten Mann und einen schönen Besitz bekam. Es könnte aber auch sein, daß Katharina sich verbittert zurückgezogen hatte. Es habe schon so viele Katherinen gegeben – die Großmutter wußte es einfach nicht genau.

Der Sohn der Großmutter war während der Erzählung in das Zimmer gekommen und hatte einen langen Teil der Geschichte gespannt mitangehört. Als sie aber damit fertig war, schrie er sie an: »Kannst du denn den Kindern keine schönen Geschichten erzählen!« Die Großmutter erschrak und beeilte sich, vom Gold-Eselein zu erzählen. Die Größeren liefen bald davon.

# Das Muttermal

Im Dorf, in dem Pauline aufwuchs, stand nur eine Kapelle. Die Pfarrkirche war in einem anderen, eher kleineren Ort. Einige Bauernanwesen gaben dem Weiler sein Gesicht, aber auch Handwerker waren dort ansässig. Der Totengräber wohnte nahe der Kirche in einem kleinen Haus. Man nannte ihn so, obwohl er die Gräber nur als Nebenbeschäftigung aushob. Er schor die Buben beinahe kahl, den Burschen und Männern ließ er etwas mehr Haare stehen. Vor hohen Festtagen ließ sich mancher Bauer bei ihm auch den Bart scheren. Außerdem verdiente er noch als Krauthobler etwas Geld hinzu, aber nur im Spätherbst. Dann ging er mit seinem großen Krauthobel auf dem Rücken von Hof zu Hof, hobelte Krautköpfe und weiße Rüben, salzte und stampfte.

In dem Dorf lebte auch ein Rechenmacher. Wenn ein Rechen gar zu viele Zahnlücken hatte, brachte man ihn zu ihm. Manchmal brauchte man auch eine neue Antraggabel oder ein Geschirr zum Getreidemähen. Vom Erlös seiner Arbeit hätte er wohl nicht leben können, darum betrieb seine Frau einen kleinen Kaufladen. Der Korbmacher band zugleich Besen und ging auf die Stör, ebenso der Schuhmacher. Der Schmied war um ein Vielfaches angesehener, vielleicht auch reicher.

Das beste Geschäft in diesem Dorf gehörte aber dem Schreiner. Da der Wagner, der Glaser und der Zimmerer in einem noch weiter entfernt liegenden Dorf waren, übte der Schreiner auch diese Berufe aus. Er baute nicht gerade große Häuser, aber kleine Anbauten führte er geschickt aus. Wegen eines gebrochenen Wagenrads machte man keinen Umweg, denn der Schreiner konnte es leicht reparieren. Sein Haus bot für seine Arbeit genügend Raum. Zu ebener Erde lag eine riesige Werkstatt, zwei Zimmer schlossen sich daran an. In dem einen schliefen Lehrbub und Geselle, im andern beriet sich der Schreiner am Sonntag mit den Bauern über die Aufträge: Treppen, Täferungen, alle Arten von Möbeln, auch Särge. In diesem Kontor, wie man den Raum nannte, kassierte der Schreiner das Geld. Er war ein beliebter, angesehener und mit der Zeit ein reicher Mann. Im ersten Stock hatte er seine Wohnung eingerichtet, die vielen, schönen Zimmer waren trefflich ausgestattet. Eine breite Treppe führte hinauf.

Mit der Heirat wollte es dem Schreiner nicht so recht gelingen, er schaute wohl ein bißchen zu sehr auf das Geld. Schließlich holte er sich ein reiches Mädchen aus einem entfernten Dorf. Man bemerkte es kaum, doch manche sahen die junge Frau und sagten, es sei gut, daß der Schreiner eine bequeme Treppe habe, denn die Frau hinkte ein wenig. Nach dem ersten Kind nahm das Hinken zu. Es wurde zu einem richtigen Hüftleiden, und die Schmerzen quälten die Frau unablässig. Nun trug aber die junge Schreinerin ihr Los nicht geduldig, vor allem nicht stillschweigend. Sie zeterte, sie wisse genau, wer ihr das Leiden angehext habe. Sie nannte sogar Namen aus ihrer Heimatgemeinde. Bald gab sie auch in ihrer neuen Umgebung allerlei Verdächtige an. Von diesem und jenem Haus behauptete sie, daß man dort die schwarze Kunst betreibe. Der böse Feind und die Hexen spielten in allen Gesprächen bei ihr eine Rolle. Die Leute redeten nicht gerne mit ihr. Wenn sie, auf ihren Stock gestützt, die Straße herunterkam, taten die Frauen, als sei eben die Suppe angebrannt, und eilten ins Haus. Dem Schreiner war das Gerede seiner Frau peinlich, er verbot es ihr. Sie ließ es aber nicht etwa sein, sondern sprach nur noch flüsternd von diesen Dingen. Das machte es natürlich nicht besser. Zum Glück hatte der Schreiner viel Arbeit, oft mußte er hämmern und sägen, so daß er längst nicht alles hörte, was seine Frau sagte.

Als der kleine Philipp, ihr erstes Kind, drei Jahre alt war, wurde die Frau wieder schwanger. Da konnte sie das Hinken plötzlich lassen. Nun war ihr Gezeter aber erst recht groß: Das sei der klarste Beweis für das angehexte Leiden, denn über eine schwangere Frau habe weder der Teufel noch eine Hexe Macht. Nach der Geburt hörte man die Schreinerin nur noch von den bösen Mächten reden. Jetzt erschrak auch der Schreiner, als er den Anlaß für das Gerede seiner Frau sah: Das neugeborene Mädchen war zwar wohlgestaltet, aber auf seiner linken Wange prangte ein Muttermal. Nun, das konnte vorkommen, doch dies war ein besonders häßliches Mal. Es saß auf der kleinen Wange wie eine rote Kröte. Ihr Kopf schaute zum Äuglein hin, auch vier Füße und ein Schwanz waren zu erkennen. Die Hebamme und alle Nachbarinnen meinten, die Schreinerin sei sicher im Garten wegen einer Kröte erschrocken und habe sich dabei ans Gesicht oder an den Bauch gefaßt. »Ja, so etwas gibt es«, sagte die Großmutter, »dazu braucht man keine Hexen.« Nach dem Wochenbett hinkte die Schreinerin aber wieder von neuem.

Auf ihren Wunsch hin wurde das Kind Walpurga getauft. Es wuchs besonders rasch, doch mit ihm auch die Kröte. Ihre Eltern, ihr Bruder Philipp, die Verwandten, alle Leute im Dorf schmeichelten dem Burgele, damit es ja nicht darauf kam, daß ihr Mal abscheulich aussah. Doch das Mädchen war gescheit und merkte bald, daß das Flattieren mit dem Muttermal zusammenhing. Es betrachtete sich oft im Spiegel und fand Gefallen an der Kröte. Es fing sogar an, sie zu mögen, streichelte sie und bestrich sie mit Butter, damit sie ja schön glänze. Bevor Walpurga in die Schule kam, fertigte der Schreiner für den Lehrer einen besonders schönen Schrank an, umsonst. Nebenbei bat er, der Lehrer solle doch dafür sorgen, daß das Kind nicht verspottet werde. Niemand spottete. Alle Welt behandelte das Burgele mit der größten Rücksicht. Bei der ersten Kommunion veranstaltete der Schreiner ein großes Fest. Noch nie wurde ein Kind derart hoffärtig hergerichtet. Die Kröte hatte inzwischen grausige Ausmaße angenommen. Ihr Rücken schwoll langsam zu einem warzigen, blauschwarzen Sack, der mehr und mehr nach unten hing. Am Weißen Sonntag berührte er bereits den Spitzenkragen.

»Aber das mußte man der Walpurga lassen, tüchtig war sie«, sagte die Großmutter. Als sie aus der Schule kam, meinte Walpurga, eine Magd könne man sich nun sparen. Sie hielt das große Haus in Ordnung und kochte jeden Tag für acht Personen. Die Schreinerei ging nämlich immer besser, und Philipp schlug mit seiner Geschicklichkeit ganz dem Vater nach. Außer dem Lehrbuben arbeiteten noch drei Gesellen im Betrieb. Doch mit der Schreinerin wurde es immer schlimmer. Walpurga schleppte ihre Mutter die Treppe hinunter, fuhr sie im Rollstuhl zur Kirche und transportierte sie allein wieder nach Hause in ihr Zimmer. Walpurga war besonders groß und kräftig. Als sie das achtzehnte Lebensjahr erreichte, starb die Schreinerin. Bald darauf erkrankte auch der Schreiner schwer. Man sah, daß es eine böse Krankheit war, die bald zum Tod führen mußte. Er wälzte sich im Bett, mehr noch aus Kummer als vor Schmerzen – Kummer um die Tochter. Zum ersten sorgte ihn deren Selbstgefälligkeit, die sie mit jedem Jahr hochmütiger werden ließ. Zum andern bedachte er, daß sie nie einen Mann bekommen werde. Er mußte für sein Kind, das unverschuldet in Not geraten konnte, Vorsorge treffen, damit es seiner Lebtag nicht in Armut geriet. Mit dem Notar zusammen machte der Schreiner ein Testament. Das Burgele sollte mehr Geld bekommen als der Bruder, dazu ein immerwährendes Heimatrecht. Nun schien es, als ob Walpurgas Kröte anfange, die Krallen zu zeigen. Walpurga brach mit dem todkranken Vater, vor allem aber mit Philipp, der sie bisher nur gehätschelt hatte, Streit vom Zaun. »Du hast das Geschäft, dein Geld wird mehr, meines aber weniger!« schrie sie Philipp an. »Dafür bekommst du ja mehr als ich und kannst hier essen und wohnen«, entgegnete er ruhig und bestimmt.

An einem Sonntag nach der Kirche tobte das Burgele: »Niemals lasse ich dieses Testament stehen!« Philipps Braut war dabei, denn er wollte bald heiraten. Nach dem Streit sagte sie zu Philipp: »Mit der will ich nimmermehr unter einem Dach leben. Ich könnte mich ja an ihr versehen, wenn ich in Umständen bin.« Philipp war ratlos, und der Schreiner stöhnte unter den Tobsuchtsanfällen seiner Tochter. Er schlug ihr vor, daß Philipp mit seinen Gesellen ihr ein eigenes Häuschen bauen würde. »Von meinem Geld – nie!« keifte sie. »Philipp wird es von seinem Geld bauen.« »Das würde dem so passen: Geschäft samt Haus! Hier bringt man mich nicht hinaus.« Nach diesem Streit mußte der Notar wiederkommen, und Walpurga erhielt die große, schöne Wohnung. Der Bruder hatte nämlich beschlossen, im Hof ein Haus für sich zu bauen. Aber Walpurga war noch immer nicht zufrieden, sie wollte Teilhaberin am Geschäft sein. Der Krötensack schwoll an. »Bin ich denn schuld an deiner Krott?« schrie Philipp. »Bin ich vielleicht schuld ?« Der Schreiner jammerte in seinem Bett. Der Notar mußte das Testament wieder ändern, und Philipp hatte seiner Schwester eine Rente auszuzahlen. »Und wenn das Geschäft schlecht geht?« fragte Walpurga. Man einigte sich auch darüber: An jedem Jahresende hatte Philipp an Walpurga den zehnten Teil seines Gewinnes abzuliefern. Nun war sie zufrieden, denn das Wort »Zehnter« gefiel ihr. Vom Zehnten lebten einst die Fürsten. Der Schreiner durfte jetzt sterben. »Das war nach Neujahr«, sagte die Großmutter.

Während sich Walpurga bislang nicht um das Geschäft gekümmert hatte, schaute sie nun aus dem Fenster, um zu beobachten, wer kam und ging. Am Sonntag rannte sie hinunter ins Kontor, um die Bestellungen durchzusehen und die Rechnungen und Quittungen zu prüfen. »Du verlangst zu wenig«, tadelte sie den Bruder. Oben in ihrem Zimmer ging sie nur noch mit Zahlen um und rechnete den Zehnten aus. Philipp jagte sie immer wieder die Treppe hinauf: »Ich mache es schon richtig. Holzkauf und Gesellenlohn sind kein Gewinn.«

Walpurga war nun das reichste Mädchen der Gegend und wurde immer hoffärtiger. Den Krötenbeutel schmierte sie mit Schweineschmalz ein, damit er ja gut zur Geltung komme. Sie mochte nur noch mit reicheren Leuten verkehren, und sie fand auch die entsprechenden Freunde. »Wenn manche Leute Geld wittern, dann tun sie schön, das ist so«, meinte die Großmutter. Sie rieten Walpurga dies und das, sie ließen nichts unbedacht, wie das Geld den meisten Gewinn bringen könnte. Jemand empfahl ihr, es in der Schweiz anzulegen, dort werfe es den meisten Zins ab. Die Schweiz sei neutral, und wenn Kriegszeiten kämen, wäre es dort sicher. Die Bankherren in Zürich erschraken sehr wegen des Muttermals. Als das Mädchen aber die Geldsumme nannte, die es zu bringen gedenke, wurden sie plötzlich freundlich und rechneten ihr Zins und Zinseszins vor.

Danach hüpfte sie durch die schönen Straßen von Zürich. »Zehnter, Zins und Zinseszins«, zirpte es in ihr. Sie trug ziemlich viel Geld bei sich, denn sie hatte gemeint, eine Reise in die Schweiz sei teuer, doch Bahn- und Schiffahrt waren billig. Auch die rote Wurst, die sie aß, kostete nur wenig. Seit sie wußte, wie reich sie war, gab sie nicht mehr gerne Geld aus. Aber dann fiel ihr doch etwas ins Auge, das sie haben mußte. Im Schaufenster eines noblen Ledergeschäfts sah sie eine Handtasche. Sie hatte eine längliche, schmale Form, war aus glattem, hochglänzendem Lackleder, blauschwarz, genau die Farbe des Wangenbeutels. Der Henkel, eine Goldkette, verlieh ihr besonderen Wert. Darin, so nahm sie sich vor, werde sie das Geld in die Schweiz bringen. Als sie es abhob, empfahl man ihr, einige Tausender stehen zu lassen. Die deutschen Bankherren wußten, daß immer wieder Geld nachkam. Für manches Mädchen wäre dieser klägliche Rest ein Vermögen gewesen. Walpurga wunderte sich, wie nah die Tausenderbündel zusammengingen, so daß sie sie im Täschchen gut unterbringen konnte.

Als sie erstmals in die Schweiz fuhr, war das Wetter trüb und verhangen gewesen, doch dieser Morgen versprach einen schönen Tag. Alle Leute im Innenraum des Schiffes starrten Walpurga an. Das war immer so, sie hatte sich daran gewöhnt. Obwohl die Fahrgäste wegen des Muttermals starrten, meinte sie jetzt, es sei wegen des vielen Geldes. Die Handtasche hielt sie fest umklammert in der linken Hand, denn sie war eine Linkshänderin: auch ein Hexengeschenk nach der Meinung der verstorbenen Schreinerin. Die Goldkette hatte sie mehrfach um den Zeigefinger gewickelt, ganz fest. Wenn er blau anlief, wickelte sie die Kette rasch um den Mittelfinger. Schließlich konnte sie es zwischen den Leuten, die sie die ganze Zeit nur anstarrten, nicht mehr aushalten.

Unruhig ging sie aufs Deck hinaus. Niemand war da, es schien den Reisenden noch zu kühl zu sein. »Oh«, sagte Walpurga, als sie um sich blickte, »ist das schön.« Die Sonne war am Aufgehen – die Berge – der glitzernde See! Sie ging ans Geländer, um der Pracht näher zu sein. Ganz in Gedanken daran wickelte sie die Goldkette vom geschwollenen Mittelfinger. Sie vergaß für ein paar Momente das Geld. Das Täschchen klemmte sie in die Armbeuge, stützte die Hände auf und beugte sich sogar ein bißchen vor. Plötzlich war es, als ob ein Teufel an die Tasche stupfte: Sie rutschte, flutschte aus der Armbeuge und sprang wie ein freigelassener Fisch ins Wasser. »Zu Hilfe, feurio, mordio!« schrie sie, »die Tasche, das Täschle!« Passagiere und Personal liefen herbei. »So viel wird nicht drin gewesen sein«, meinte ein Mann und lachte, denn Walpurga hatte sich absichtlich armselig angezogen. Als sie nicht aufhörte zu schreien, brachten die Matrosen das tobende Mädchen zum Kapitän. Ihm nannte sie den Betrag und schluchzte, daß es ihr Vermögen gewesen sei. Der Kapitän wurde bleich. Noch sei nicht alles verloren, tröstete er sie, sie führen immer dieselbe Linie, man werde mit langen Netzen suchen. Als er aber das Mädchen hoffnungsvoll ihn anblicken sah, fügte er schnell hinzu, der See sei hier besonders tief, und unten herrschten Strömungen. »Hat man es gefunden?« fragte atemlos ein Zuhörer die Großmutter. »Natürlich nicht; es liegt heute noch unten«, sagte sie. Walpurga habe immer wieder »das Täschle, die Tasche« über das Wasser gerufen.

In Romanshorn stieg sie rasch in den Zug in Richtung Zürich, der direkt an der Schiffsanlegestelle bereitstand. Sie verfehlte eine Stufe und fiel auf den Bahnsteig. Dann lief sie wie gehetzt am Zug entlang, hin und her, hüpfte auf Trittbretter und wieder hinunter. Die Leute standen an den Fenstern, staunten und raunten. Ein Mann sagte, die spinne wohl. Der Eisenbahnschaffner mit der roten Mütze fragte sie, ob sie mitwolle. Sie gab ihm keine Antwort, sondern rannte wieder zum Schiff. Wieder hastete sie dort hin und her. Manchmal blieb sie stehen und beugte sich übers Wasser, als müsse sie darin etwas suchen. Ein Zöllner sagte zu seinem Kollegen: »Auf die müssen wir ein Auge haben, es sieht aus, als wolle sie in den See.« »Wenn ich so ein Ding im Gesicht hätte, wäre ich längst hineingegangen«, sagte der andere, und beide lachten.

Es muß allerhand im Burgele vorgegangen sein an diesem heißen Junitag in Romanshorn. Als die Mittagsglocken läuteten, ließ sie das Hin- und Herlaufen sein und suchte eine Bank im Schatten. Das Schiff fuhr erst gegen Abend zurück. Ein Zöllner kam, um zu fragen, ob sie Hunger habe. Sie schüttelte den Kopf, sprechen konnte sie noch nicht. Als die Glocken verstummten, weinte sie.

Auf dem Schiff mußte Walpurga zur Toilette. Ein großer, breiter Spiegel hing in dem engen Raum. Später sagte sie zu jemandem, dort habe sie erstmals gesehen, wie häßlich ihr Muttermal sei. Aus dem Schrecken beim Anblick des entstellenden Mals wurde Scham. Nach langer Zeit rüttelte jemand ungeduldig an der Tür. Sie konnte nicht öffnen, sie mußte die Kröte anstarren. Erst als sie die quälende Enge des stinkenden Raumes und das zornige Türrütteln nicht mehr aushielt, ging sie hinaus. Dabei hielt sie die Hände vors Gesicht. Auf dem Schiff verbarg sie sich in einem abgelegenen Winkel.

Es war dunkel, als sie heimkam. Philipp täferte noch mit einem Gesellen im Neubau. Sie erschraken, als Walpurga plötzlich vor ihnen stand. »Das Täschchen mitsamt dem Geld ist mir in den See gefallen«, stieß sie hervor. »Das ist nicht wahr – das kann nicht sein – das sagen wir niemand«, stotterte Philipp. »Daran habe ich auch gedacht; ich könnte so tun, als ob ich es noch hätte.« Da sah sie, wie der Geselle nach der Tür schielte, und sie schrie ihn an: »Ja, lauf nur, renn ins Wirtshaus, erzähl es der ganzen Welt!« Der Geselle tat es.

Am übernächsten Tag konnte man es sogar in der Zeitung lesen. Der Betrag wurde allerdings nicht genannt, und auch die Großmutter wußte ihn leider nicht. Es hieß nur: das gesamte Vermögen. Manche Leute bedauerten Walpurga, aber die meisten lachten über sie. Anfangs traute sie sich nicht aus dem Haus. Bald wunderte man sich über sie, am meisten Philipp. Beim Kochen und zum Essen band sie ein Kopftuch um, das sie weit über die linke Gesichtshälfte zog. Nach einigen Wochen sagte sie zum Bruder: »Ich hole das restliche Geld und fahre nach Tübingen. Vielleicht kann man an meiner wüsten Wange etwas ändern.« »Ja, das tu! Wenn dein Geld nicht reicht, bekommst du es von mir.« Sie lag lange in der Hautklinik. Danach leuchtete das Muttermal weniger scheußlich, und der Hautsack, der warzige Krötenbuckel, war weg. Der dunkelrote Fleck sah nun eher wie eine Qualle aus. Diese durften aber nur wenig Leute sehen. Werktags trug Burgele das weiße Kopftuch tief im Gesicht; für den Sonntag kaufte sie einen Hut, den man mit breiten Bändern unterm Kinn festband. »Hat sie denn Geld gehabt zum Hutkaufen?« fragte ein Kind. Sie hatte ja die große Wohnung, antwortete die Großmutter, die sie vermietete. Philipp ließ sie in den unteren Kämmerchen hausen. Den Zehnten, um den Walpurga so unnachgiebig gestritten hatte, wollte sie vom Bruder nicht mehr. Nur für geleistete Arbeit nahm sie Geld von ihm. Er hatte genug zu arbeiten, denn seine Kinderschar wuchs. Walpurga achtete sehr darauf, daß kein Kind an ihrem Mal erschrak oder gar die Schwägerin, wenn sie in Umständen war, es zu sehen bekam. Wo Not am Mann war, holte man Walpurga zu Hilfe.

Die Großmutter geriet nun ins Schwärmen und ins Lügen, sie rühmte Walpurga als eine große Wohltäterin und erzählte von ihrem gottgefälligen Leben. Die Kinder spürten das genau: Sie wird eben für ihren Lebensunterhalt gearbeitet haben wie alle Leute. Die Großmutter wollte den Kindern nahebringen, daß das Geld, besonders großer Reichtum, keinen Sinn habe, kein glückliches Leben garantiere und eher ein Fluch für den Menschen sei. Da meinte eine kleine Enkelin gar: »Dann war es wahrscheinlich kein Teufel, sondern Walpurgas Schutzengel, der an ihre Tasche stupfte.«

# Josi

Was die Großmutter vom Josi erzählte, wußte sie von ihrer Mutter. Pauline hatte nämlich Interesse an ihm gehabt und ihn gerne gemocht.

In dem Dorf mußte eine neue Straße gebaut werden, eine richtige Straße aus Teer. Vor allem eine neue Brücke brauchte man über den Bach. Eine steile Steige führte vom Berg ins Dorf hinab, und nach dem Dorf wand sich der Weg in sanften Schlingen wieder einen Hügel hinauf. Die Straßenbauer hielten sich längere Zeit in diesem Dorf als an anderen Orten auf, wo es kein so schwieriges Gelände zu überwinden galt. Der Einsatzleiter, der mit den Papieren in den Händen umherging, war ein lediger, schöner Herr. Zuerst wohnte er im Wirtshaus, aber er fand bald ein besseres Quartier. In einem noblen Bauernhaus stellte man ihm jeden Tag ein Festessen auf den Tisch. Die Bäurin tat ihm schön, denn sie hatte eine heiratsfähige Tochter. Der Mann konnte schließlich nicht mehr anders, er verlobte sich mit Mathilde, der Bauerstochter. Das ganze Dorf war stolz, weil eine der Ihren einen so hochgestellten Herrn bekommen sollte. Pauline sagte aber zu ihren Freundinnen, sie beneide Mathilde nicht, denn der Mann sei ein arger Schürzenjäger. Und Großmutter wußte, daß Mathilde in der Großstadt dann nicht glücklich wurde. Sie hatte oft Heimweh. Wenn sie auf Besuch kam, weinte sie bei der Mutter und klagte, sie wisse oft nicht, wie sie sich zu benehmen habe. Oder weinte sie, weil ihrem Mann die Frauen in der Stadt letztlich doch besser gefielen?

Die schwere Arbeit beim Brücken- und Straßenbau verrichteten hauptsächlich Italiener. Sie hatten darin großes Geschick, denn in ihrem Land ging es ganz anders auf und ab, über reißende Bäche, an Abgründen entlang, sogar durch

Berge hindurch. Aber dort herrschte Armut, darum gingen viele Männer in die reicheren Nachbarländer, um Straßen bauen zu helfen.

Bei einer anderen Bauernfamilie im Ort war einer der italienischen Straßenarbeiter einquartiert. Wenn er am Abend in der Stube saß, einen Most trank und von der schweren Arbeit ausruhte, schaute er den beiden kleinen Kindern des Bauern zu, die in der Stube herumkrochen. Immer wieder deutete er auf den Buben und zeigte dabei drei Finger. So wußten sie, daß er daheim drei Söhne hatte. Der Italiener sprach nämlich um die Welt kein Wort Deutsch. Bei diesem Bauern arbeitete eine junge Magd. Der Mann aus Italien war wohl der erste Mensch, der bemerkte, wie nett sie aussah.

Beim Bau der Brücke wurde etwas falsch berechnet; halb fertig stürzte sie ein. Man zog den Italiener tot unter den Steinen hervor. Sein Grab war fünf Jahre lang schön gepflegt, dann verwilderte es.

Die Magd hatte von dem Italiener ein Kind bekommen. Sie hatte Angst, daß es vielleicht nie Deutsch lernen könnte. Das Kerlchen war aber noch kein Jahr alt, als es Mama zur Magd sagte, wenig später lernte es schnell seinen Namen: Josi. So ließ sie ihn taufen, und man wußte nicht, ob dies die Abkürzung für Josef in einer fremden Sprache oder ein eigenständiger Name war. Auf dem Grabkreuz konnte man nur einen nicht auszusprechenden Nachnamen entziffern. Josi war ein reizendes Kind mit schwarzen Augen und Locken. Der Bauer, der viele Äcker und Wiesen besaß, konnte sich zwei Mägde leisten. Beide schmusten und liebkosten den kleinen Kerl, so oft sie Zeit hatten. Die Bauersleute lachten und schimpften wegen dieses Gehätschels mit dem Italienerkind. Bei ihnen war das nicht Sitte, sie streichelten ihre Kleinen höchstens mal über den Kopf. So meinte Josi bald, er sei etwas Besonderes. Dabei war er rein gar nichts, nicht einmal ein eigenes Bettchen hatte er. Daß er aber jede

Nacht bei seiner Mama im Bett schlafen durfte, hielt er für einen außerordentlichen Vorzug.

Die Magd liebte ihren Sohn, sie hätte sich für das Kind zerreißen lassen. Es zerriß sie aber eine Krankheit, ein geplatzter Blinddarm. Sie wurde in ihrer Heimatgemeinde begraben, in der ein Bruder von ihr lebte. Er hatte selber eine große Kinderschar, und seine Frau wollte daher vom Josi nichts wissen. Er war fünf Jahre alt, als seine Mutter starb. Die Bauersleute behielten ihn, und die Kammer und das Bett der Mutter durfte er behalten. Er meinte bald, er gehöre den Leuten. Sie behandelten ihn kaum anders als ihre eigenen Kinder.

Ihr Hof lag am Rande des Dorfes, an einer sanften Steigung. Die Güter befanden sich ausschließlich am Südhang. Vor vielen Jahren, lange bevor Josi dort aufwuchs, hatte man auf ihnen Reben angepflanzt. Das wußte man, weil manche Flurstücke die Namen »Weinhalde« oder »Rebhang« trugen. Im Obstgarten des Bauern standen auch Reste einer alten Torkel. Sie besaßen dort große Obstgärten mit hohen Apfelbäumen. Alle Wiesen- und Ackerraine säumten riesige Birnbäume. Sie lieferten nur ungenießbare, saure Mostbirnen, in manchen Jahren Unmengen. Näher beim Haus standen aber Birnbäume, die wohlschmeckende Gaißhütchen, Weinzapfen und Wittfelderbirnen trugen. Auch lange Reihen von Kirschbäumen gaben im Sommer reichliche Ernte. Es kamen etliche Frauen aus der Stadt, die wußten, daß es hier besonders gutes Obst zu kaufen gab. Einen großen Teil aßen sie selber, den Sommer über bis ins Frühjahr hinein. Was sie nicht verbrauchten, verarbeitete der Bauer zu Most und Schnaps. Für guten Schnaps war er weit und breit bekannt. Der Wirt holte ihn bei ihm, und fast jeden Tag kam ein Kind, um einen halben oder ganzen Liter zu kaufen. Dem Vater tue der Rücken weh, sagte es. Wieder ein anderer Kunde meinte, der Schnaps habe die Schmerzen in Großmutters Händen nicht gelindert, er bräuchte Vorlauf, beinahe reinen Alkohol. Auch damit konnte der Bauer dienen. Wenn ein Roß an Kolik litt, flößte man ihm schnell eine Flasche Schnaps ein. Für viele Zwecke brauchte man den hochprozentigen Alkohol, dessen Verkauf viel Geld ins Haus brachte. Den Most tranken sie selber, zum Zundenessen, zum Nachmittagsvesper und am Feierabend. Auch die drei Kinder bekamen davon, soviel sie wollten. Theresia mochte ihn nicht besonders gern, aber Vinzenz trank ihn mit Vorliebe. Davon wurde er jedoch faul und träge. Josi mochte den Most auch, aber er machte ihn lustig. Er führte abends Kopfstände vor, schlug Purzelbäume und ging auf den Händen die Treppe hinauf in seine Kammer. Er brachte alle mit seinen kleinen Kunststücken zum Lachen.

Im Herbst fiel die meiste Arbeit an. Die Kinder mußten schon früh helfen, das viele Obst aufzulesen. Vinzenz fürchtete sich, in die Fässer zu schlüpfen. Er war auch zu dick dazu. Josi dagegen kroch hinein und bürstete. Manchmal befürchtete Theresia, daß er überhaupt nicht mehr herauskomme. Außerdem mußten die Kinder beim Drehen der Obstmühle helfen, während der Bauer das Obst in den Trichter schüttete. Vormittags, wenn die Buben in der Schule waren, drehte der Knecht die Mühle. Mittags mußte er zum Ackern aufs Feld, Josi steckte in einem Faß, und Vinzenz mahlte. Sobald Josi herausgekrochen war, rief Vinzenz ihn, damit er ihn beim Drehen ablöse. Und Josi drehte und mahlte, bis er Blasen an den Händen hatte. Nur im Spätherbst, wenn es kalt und regnerisch wurde, mußte er nicht drehen, dann hieß es: »Josi, geh du viehhüten.« Ließ eine Kuh etwas fallen, lief er schnell hin, um seine bloßen, kalten Füße darin zu wärmen. Langweilig war es ihm nie. Er schnitzte und werkelte, und aus jedem Blatt und Rohr brachte er Töne heraus, surrende, pfeifende und brummende. Von den vielen Pfeifen, die er angefertigt hatte, fielen auch einige für Vinzenz ab. Selbst mit dem Mund oder den Fingern konnte er ganze Konzerte geben. Und schön singen konnte er! Darum bekam er zum Nikolaus nicht weniger als die anderen.

Die Sorge der Magd wegen Josis Deutsch war unbegründet gewesen. In der Schule lernte er es leichter und weit besser als seine maulfaulen Mitschüler. Der Lehrer war begeistert von Josis Talent. Wenn er das Sprüchlein vom Frosch im Rohre aufsagte, meinte man, er sei selber ein Frosch. Wenn er in den oberen Schuljahren das Gedicht: »Kennst du das Land, wo die Zitronen blühn« aufsagte, bekamen seine Schulkameraden Tränen in die Augen. Bei allen Fahnenweihen, Weihnachtstheatern und anderen festlichen Anlässen sprach er Gedichte, spielte und sang er und begeisterte das Publikum mit akrobatischen Einlagen. Solche Veranstaltungen fanden im großen Saal des Wirtshauses statt. Pauline fragte dann Josi: »Möchtest du grüne oder rote Limonade?« So hatte Josi manchmal Grund zu meinen, er sei etwas Besonderes.

Schließlich war die Schulzeit zu Ende. Jeder, auch Josi selber, ging davon aus, daß er eben bei seinen Pflegeeltern als Knecht bleibe. Er bekam ein wenig Lohn, von dem er sich eine Mundharmonika kaufen konnte. Sein abendliches Spiel wurde aber immer trauriger. Als er um die sechzehn war, stand ein überreicher Obstherbst an. Josi drehte jeden Tag die Obstmühle, und anschließend mußte er dem Bauern beim Schnapsbrennen helfen. Das war keine besonders schwere Arbeit, aber sehr stupid. »Da, Josi, trink ein Gläschen Schnaps«, sagte der Bauer immer wieder zu ihm. Man mußte ihn ja versuchen, doch frischgebrannter Schnaps ist nicht bekömmlich. Einmal gab Josi nach und probierte auch vom Vorlauf. Nach kurzer Zeit lag er in einer kalten Wasserlache auf der Erde. »Trag ihn ins Bett, da soll er seinen Rausch ausschlafen«, sagte der Bauer zu Vinzenz. Die Bäurin und die Magd kamen hinzu. Sie sahen, daß er nicht schlief, sondern ohnmächtig war. Sie erschraken und wollten den Arzt holen, aber der Bauer lehnte wegen der Kosten, die deshalb entstünden, ab. Vor allem fürchtete er den Tadel des Arztes, weil er den jungen Burschen so viel Schnaps hatte trinken lassen. Er wußte aus eigener Erfahrung, was da half. Sie gruben ein Loch in den Misthaufen, zogen Josi bis aufs Hemd aus und steckten ihn hinein. Nur sein totenbleiches Gesicht war noch zu sehen. Theresia wich nicht von ihm, und nach einer Stunde sah sie, daß er ein bißchen Farbe bekam und gehörig anfing zu atmen. Die Magd hatte inzwischen in einem Zuber heißes Wasser für sein Bad gerichtet. Danach lag Josi drei Tage schwer krank im Bett und konnte von nun an das Wort Schnaps nicht mehr hören.

Als er wieder gesund war, sagte er eines Abends: »Ich will nicht Bauernknecht werden.« Der Bauer schimpfte: Ob das nun der Dank sei? Die Frauen hielten aber zu Josi, und so beschloß man, er dürfe einen Beruf erlernen. Weil er von ziemlich kleiner, ja zierlicher Statur war, meinten sie, Schneider wäre das Richtige. Der Bauer war so reich, daß er beim Schneider in der Stadt einen Frack hatte anfertigen lassen können. Zu diesem Schneider kam Josi in die Lehre und stichelte einen Winter lang. Der Schneider war jedoch ein übellauniger Mann. Wenn Josi bei der Arbeit muntere Melodien pfiff, fuhr er ihn an und hieß ihn einen Faulpelz. Im Frühling ging daher Josi, ohne etwa daheim zu fragen, zu einem Sattler in die Lehre. Dieses Handwerk gefiel ihm besser, denn das Leder roch gut. Wenn er mit dem Meister ein schönes Pferdegespann herstellen durfte, war es ihm auch erlaubt zu pfeifen. Viel öfter mußte er allerdings staubige Sofas überziehen und verseichte Matratzen aufrichten, und diese Arbeit gefiel ihm weniger. Er brachte auch diese Lehre nicht zu Ende. Als die Pflegeeltern ihm deswegen heftig seine Unbeständigkeit vorhielten, ging er ganz fort. Niemand wußte, wohin.

Nun konnte er pfeifen, so viel er wollte, und die Welt

anschauen. Geschichten über reiselustige Burschen hatte er immer gerne gelesen. Er traf nun manche Gesellen, doch Josi war heikel im Umgang mit anderen Menschen. Die wenigsten gefielen ihm. Betteln und Stehlen waren ihm ganz zuwider. Er sah auch, wie viele sich das Leben mit Saufen ruinierten. Er konnte keinen Schnaps mehr riechen, auch Most und Bier trank er wenig, und dies erst, wenn die Sonne untergegangen war. Meist wanderte er allein. Er half eine Woche bei einem Bauern, drei Tage bei einem Schneider, zwei Wochen bei einem Sattler. Auch bei Zimmerer und Schreiner, Schmied und Gerber arbeitete er. Alle Handwerker meinten, Josi habe gerade ihren Beruf erlernt, denn er hatte sehr geschickte Hände. So kam er bis nach Norddeutschland, in eine große Stadt.

Am Stadtrand richtete man gerade ein Zirkuszelt auf, und Josi schaute eine Weile zu. Es kam ein starker Wind auf, nun half er mit. Als sie sahen, daß er sich beim Zurren der Riemen recht geschickt anstellte, nahmen sie ihn in Lohn und Brot. Das gefiel ihm: Zelte ab- und aufbauen, Tiere und Menschen beobachten, Essen und einen Schlafplatz haben – weiterziehen. Der Hanswurst wurde sein Freund, er ließ ihn bald auf seiner Ziehharmonika üben. Nach kurzer Zeit konnte er es schon besser als sein Lehrer. Ja, er durfte sogar vor dem Publikum aufspielen. Er lernte auf dem Seil gehen; in der Luft Purzelbäume machen und Räder schlagen brauchte er nicht zu lernen. Josi verbrachte im Zirkus seine glücklichste Zeit, er verdiente dabei auch einiges. Er nähte sich aus einer alten Zeltplane eine Tasche mit schönen Lederbesätzen und einem guten Verschluß. In ihr verwahrte er sein Erspartes.

Als in einem Herbst der Zirkus nach Süddeutschland kam, fiel Josi auch wieder sein Zuhause ein. Er war schon fünf Jahre beim Zirkus und glaubte, er hätte etwas zu sagen. So setzte er es durch, daß man in seinem Heimatstädtchen gastierte. Der Direktor meinte zwar, das sei vertane Zeit und verschleudertes Geld, aber Josi freute sich ungemein darauf, seinen Freunden daheim zu zeigen, was aus ihm geworden war. In der Nacht heftete er ein Plakat an das Scheunentor der Wirtschaft, auf dem sein Name stand. Der Direktor behielt jedoch recht: Bei jeder Vorstellung blieb das Zelt halb leer.

In diesem Landstrich sind die Leute nicht lebenslustig und lachen nicht wegen jedem Dreck, wie sie sagen. Zudem war es Herbst, und die Bauern hatten viel Arbeit und waren abends und sonntags müde. Von Josis Heimatdorf kamen am Sonntagmittag nur ein paar Burschen, die seiner Kasperei teilnahmslos zuschauten. Nach der Vorstellung gerieten sich der Zirkusdirektor und Josi in die Haare. Es hatte vorher schon Spannungen zwischen den beiden gegeben, denn Josi wollte eine Reiterin heiraten. Das paßte dem Direktor nicht, denn er fürchtete, sie würde nach der Heirat so dick wie seine Frau. Der Streit kam ihm also gerade recht, er hatte endlich einen Grund, Josi fortzujagen.

Vinzenz und Josi hatten sich früher wie richtige Brüder gemocht. »Dein Bett steht immer für dich bereit«, sagte Vinzenz zu Josi, als er damals fortging. »Etwas Besseres als du könnte mir nicht ins Haus kommen«, sagte er nun, denn Vinzenz wollte im Frühjahr heiraten. Deshalb gab es viel zu richten im Haus, am Hof, an der Chaise, an Saum- und Sattelzeug. Abends kamen die Nachbarsleute, um Josi beim Harmonikaspiel zuzuhören, und manchmal machte er Zirkusfaxen vor. Dann sagten sie begeistert, daß er sehr lustig gewesen sei, doch er antwortete, gerade heute sei er traurig gewesen. Spielte er traurige Lieder und stützte danach den Kopf zwischen die Hände, streichelte ihm Theresia übers schwarze Haar: »Sei doch nicht so traurig«, sagte sie dann. Darauf lachte er und behauptete, gerade heute sei er lustig. Mit seiner Lustigkeit und seiner Traurigkeit kannte man sich nie aus. Die Hochzeit rückte näher, Liebe und Vermählung gaben dem Hof ein neues Gepräge und versetzten die Leute in heitere Stimmung. Eines Abends, nachdem Josi wieder eine seiner Vorstellungen gegeben hatte, legte Theresia ihre Hand in die seine. Sie sagte dabei: »Wir zwei sind ja kein bißchen miteinander verwandt.« Er schaute sie traurig an: »Trotzdem bist du meine richtige Schwester.« Theresia hatte sicher mit ihrem Bruder geredet, denn bald darauf sagte Vinzenz zu Josi: »Rese ist zwar kein schönes Mädchen, ich könnte aber für euch ein Häuschen bauen, dann kannst du immer dableiben.« Josi schüttelte stumm den Kopf und ging noch vor der Hochzeit wieder fort; die Ziehharmonika und die verschlossene Tasche ließ er in seinem Kleiderkasten. »War die Theresia so häßlich?« fragte ein Mädchen. Die Großmutter wußte nur, daß sie entsetzlich vorstehende Oberzähne hatte, sie aber bald nach Vinzenz' Hochzeit einen rechten Mann bekam.

Bevor Josi diesmal verschwand, besuchte er Pauline, seine alte Freundin. Sie war längst verheiratet und hatte mehrere Kinder. Er wolle nun nach Italien, sagte er, die Stadt Rom werde er sich ansehen und den Vesuv. »Hei«, lachte Pauline begeistert. Sie holte ihm ein Vesper. »Erzähle mir von meiner Mutter«, sagte er plötzlich barsch. »Ach, ich weiß nichts mehr von ihr, nur daß sie lieb und fleißig war.« »Und mein Vater?« »Von dem weiß ich noch weniger. Er kam nie in die Wirtschaft. Er hat wohl all sein Geld nach Hause geschickt.« Josi sagte, er wolle die Familie seines Vaters suchen. Pauline meinte dagegen, er solle doch die alten Geschichten mit seinen Eltern lassen. Ihre Schwester Anna sei auch als Kind schon eine Waise gewesen, und bei Gebhard habe sie es nicht einmal so gut gehabt wie er bei seinen Pflegeeltern. Josi begann gerade seinen Plan eigensinnig zu verteidigen, als Paulines Mann in die Stube kam. Sonst durfte Pauline ratschen, mit wem sie wollte, doch den Josi mochte der Urgroßvater nicht. Josi spürte dies in der ersten Sekunde. Er ließ das Vesper stehen und ging. »Ein Nichtsnutz, ein

Vagabund, ein Feigling ist er«, schimpfte Paulines Mann. Sie weinte eine Weile.

Bevor Josi nach Italien wanderte, ging er noch aufs Pfarramt. Dort erfuhr er, wie sein verunglückter Vater genau geheißen hatte und woher er gekommen war. In Innsbruck kaufte sich Josi ein Wörterbuch, aus dem er unterwegs italienische Vokabeln lernte. Er tat sich leichter damit als einst sein Vater. Schließlich gelangte er an den Stadtrand der großen Stadt Turin und konnte die Leute nach der Familie seines Vaters fragen. Sie wußten von nichts und zuckten die Schultern. Da ging er auch dort auf ein Pfarramt und erfuhr den Wohnort der Frau. Sie habe aber nach dem Tod ihres Mannes ein zweites Mal geheiratet und trage jetzt einen anderen Namen. Er traf eine verhärmte Fünfzigerin, einen unfreundlichen Mann und viele halberwachsene Kinder an. Sie starrten ihn an, wollten ihn verstehen und wieder nicht verstehen. Ein junger Mann trat in die Stube, und sogleich schnatterten sie auf ihn los. Er sah seiner Mutter ähnlich. Josi wollte ihm erklären, daß er sein Halbbruder sei, doch kam er damit böse an: »Das Andenken des Vaters schänden, der Mutter noch mehr Kummer machen!« Zum Glück verstand Josi fast nichts, was sie sagten, aber die Art, wie sie ihn vor die Tür wiesen, war unmißverständlich. Josi gab dennoch nicht auf, er wußte von drei Fingern. Gleich in der Nachbarschaft fand er eine andere Person dieses seltsamen Namens. Der Mann verstand ganz ordentlich die deutsche Sprache. Er hörte sich die Geschichte erfreut an und schnappte immer wieder etwas von einem Bauernhof auf – Grund genug für die Annahme, Josi sei ein reicher Bauer. Daß er ihn nicht um Geld bat, war nur der Kürze des Besuchs zu verdanken. Josi erklärte auf der Treppe noch, daß er kein Bauer sei, und daß er nicht besucht werden könne. Den dritten Bruder zu finden, kostete ihn am meisten Mühe. Er lebte mitten in der großen Stadt. Aber Josi gab nicht nach, und schließlich fand er auch ihn. Eine schöne Frau ließ ihn ein. Das Wort für »Bruder« war ihm nun geläufig, die Frau verstand ihn. Sie führte ihn ins gute Zimmer und rief ihren Mann. Dann stellte sie die beiden Männer vor den Spiegel, und alle lachten. Die beiden glichen sich wie Zwillinge. Doch mit der Sprache haperte es; der Mann wollte von Josi auch weiter nichts wissen. Er kannte seinen Vater nicht, denn als das Unglück geschah, war er noch kein Jahr alt. Dennoch hieß er Josi »Bruderherz«, umarmte und küßte ihn. Er holte eine Flasche Rotwein nach der andern. Josi, ja, so habe auch sein Vater geheißen, er könne dableiben, so lange er wolle. Am andern Tag mußte der Mann zur Arbeit. Da Josi für die erwiesene Gastfreundschaft eine Gegenleistung erbringen wollte, trug er der Frau Wasser. Als er es in den Bottich schüttete, umarmte ihn die Frau von hinten. Zwei so gleiche Männer hätten ihr wohl gefallen! Josi schüttete vor Schreck, vielleicht auch aus Zorn, das Wasser auf den Küchenboden, nahm schnell seinen Rucksack und ging davon. Von Italien hatte er nun genug. Er hatte gemerkt, wie schwer es ist, in einem Land zu sein, in dem man die Menschen nicht versteht. Er verzichtete auf den Vesuv und Rom und wandte sich wieder nach Norden. Auf der Heimwanderung sah er manchen Esel; jedesmal dachte er, daß er selber einer sei.

Die Alpen konnte er nicht mehr vor dem Winter überqueren. In einem Gebirgstal fing es an zu schneien. Er schaute sich eben nach einer Hütte um, in der er übernachten könnte, als eine Frau des Wegs kam. Sie hatte eine Krücke auf dem Rücken befestigt und trug in beiden Händen Körbe. Es sah aus, als schleppe sie schwer. Josi fragte, ob er tragen helfen dürfe. Sie hatten ziemlich weit zu gehen, bis sie zu dem steinigen Dorf kamen, in dem das winzige Haus der Frau stand. Sie redete wohl Deutsch, doch er verstand sie kaum. Nach dem Nachtmahl, das aus Maisbrei bestand, sagte sie zu seiner Erleichterung, er könne den Winter über bei ihr bleiben. Die Frau war eine Sammlerin. Wo auch immer man die Leiter von der Stube aus hochkletterte, konnte man die gesammelten Schätze sehen: Torfbrocken, seltene Steine, Wurzelknollen, Baumflechten, vor allem Kräuter. Wenn es draußen stürmte, ordnete Josi mit ihr die Reichtümer. Er molk und fütterte auch ihre Geißen. Meist las er in den Büchern, alte, zerfledderte Bände, die in der Hütte standen. Sie enthielten viel über die Heilkraft der Pflanzen, deren Bilder Josi aufmerksam betrachtete. Die Frau wurde Josis Lehrmeisterin. Die Großmutter meinte dazu, sie habe den Josi sicher sehr gern gemocht. Als der Schnee auf den Bergen in der Frühjahrssonne schmolz, wurde die Frau aufgeregt. Josi meinte, sie fürchte, daß er davongehe. »Warum sagt sie denn nicht, daß ich dableiben soll«, dachte er. Er wäre gerne bei ihr in diesem wunderschönen Bergland geblieben. Zu zweit hätten sie viel mehr sammeln können. Aber eines Morgens stand ein ganz übler Geselle im Haus, ihr Sohn. Vielleicht war er gerade aus dem Gefängnis gekommen. Er fluchte Josi zum Haus hinaus.

Er wanderte nordwärts. Nun sah er die Kräuter am Weg mit ganz anderen Augen als vordem. Er wußte jetzt die Namen vieler Pflanzen, zu welcher Gattung sie gehörten und wofür sie gut waren. Richtige Pflanzenaugen hatte er bekommen. Nun wußte er auch seinen Beruf: er würde Pflanzen sammeln. Im ersten Sommer hatte er viel zu lernen, denn die Apotheker rügten ihn wegen seines Durcheinanders; manche Pflanzen waren im Rucksack schimmlig geworden. Oft sammelte er auch Unbrauchbares. Er bekam schließlich richtige Aufträge und verdiente ein wenig Geld damit. Als er im Spätherbst wieder zu Vinzenz kam, hatte er einiges gespart; er schloß es in die Tasche ein. Dann konnte er es kaum erwarten, bis der Frühling wieder kam. Dennoch – bei Vinzenz hatte er es gut, seine junge Frau konnte ihn gut leiden. Sie zeigte ihre Zuneigung aber nicht; Josi wäre sonst bestimmt mitten im Winter davongelaufen, noch bevor er alle Vorbereitungen getroffen hätte. Er mußte nämlich an seinem Rucksack viele kleine Lederriemen anbringen. Wenn im Dorf geschlachtet wurde, ging er hin und bat um die Schweinsblase. Diese wusch und walkte er und versah sie mit einer ordentlichen Öffnung. Als er dann wieder fortging, hatte Vinzenz' Frau ein bißchen Sehnsucht nach ihm, und Vinzenz' kleiner Bub vermißte den lustigen Spielkameraden. Im Spätherbst freuten sich alle, wenn Josi zurückkehrte.

»Großmutter, erzähl doch genau, wie der Josi lebte; wo hat er geschlafen, wo gegessen, was hat er gesammelt?« wollte ein Zuhörer wissen.

Im Frühjahr fing er mit Huflattich an, dann suchte er Seidelbast. Mai und Juni waren seine besten Monate – er stöberte hauptsächlich im Vorgebirge herum, dort hatte es Wälder und Moore, Steinhalden und auch Felshänge. Apotheker und Ärzte in Kaufbeuren, Kempten, Buchloe und Wörishofen kauften ihm die Pflanzen ab. Josi sah schön aus, wenn er abends in so ein Städtchen kam. Außen am Rucksack band er die Buschen Arnika und Enzian mit den Lederriemchen fest, dann war er bunt oder ganz weiß eingerahmt und roch gut, wenn er Kamille sammelte. Am schönsten war er, wenn er Fingerhut gesucht hatte. Die Kinder, die neben ihm herliefen, warnte er dann: »Nicht zu nah, Fingerhut ist giftig.« Im Frühherbst wichen ihm die Kinder aus, wenn er mit Tollkirschen über und über beladen daherkam. Auch giftige Pflanzen brauchten die Apotheker für ihre Mixturen. Josi lag nicht auf der faulen Haut, bis in den späten Herbst hinein gab es etwas zu finden. Die letzte Pflanze war die Mistel, er mußte oft auf hohe Bäume klettern, mit dem starken Messer im Stiefel.

Wenn er auf Pflanzensuche war, stieß er auf die herrlichsten Beerenplätze. Er bewahrte die Beeren in den Schweinsblasen auf, für sie bekam er bei den Bäurinnen Brot und

Speck. Josi war aber heikel – im Geben wie im Nehmen. Wenn ihm eine Frau für drei Schweinsblasen voller Brombeeren nur eine wässrige Suppe gab oder eine andere für ein paar Erdbeeren ein Festessen, dann ging er dort nicht mehr hin. Die Schweinsblasen, die an ihm baumelten, waren oft auch mit Pilzen gefüllt. Diesen mißtrauten die Bäurinnen; sie fürchteten, sie seien giftig. Er brachte sie den Apothekern und nahm Geld dafür. In seinem Brustbeutel klingelte immer Geld. So konnte er sich manchmal ein warmes Essen in einem Gasthaus leisten und, wenn er sich rasieren wollte, auch ein Zimmer.

Sonst schlief er im Hochsommer im Gras oder in einem Heuhaufen. Hütten und Schuppen zum Schlafen kannte er jede Menge. Die Bauern wußten allmählich, wer er war, und ließen ihn im Stall oder gar in einer Kammer schlafen.

So schritt Josi auf die Vierzig zu. Vom Schlafen im feuchten Gras, vom Wandern bei Wind und Regen, vom Bücken und Klettern, vom Brechen der vielen Pflanzen taten ihm die Gelenke immer mehr weh. Vor allem nachts wußte er vor Schmerzen nicht, wie er seine Glieder legen sollte. In einem Winter hielt er es beinahe nicht mehr aus. Vinzenz' Frau legte ihm verstohlen einen warmen Ziegelstein ins Bett, und Vinzenz selbst schlug ihm vor, doch ganz da zu bleiben. Nicht einmal zum Harmonikaspiel taugten seine Finger mehr. Er schenkte die Ziehharmonika Vinzenz' jüngstem Sohn und wollte ihn das Spiel lehren. Der stellte sich aber so ungeschickt an, daß Josi ungeduldig wurde und zwei Wochen früher davonging, als er im Sinn gehabt hatte.

Eines Tages wollte er an einem steilen Hang eine blühende Seidelbastrute schneiden. Es gelang ihm nicht; das Messer fiel ihm aus der Hand, dann rutschte er ab. Da hörte er unten auf der Straße jemanden lachen, und ein junger Bursche sagte: »Laß, ich hole dir das Kraut.« Dieser Junge wich nun nicht mehr von Josi, wie eine Klette hängte er sich an ihn. Josi wollte immer allein sein, doch nun sah er an den Abenden, daß das Sammelgut doppelt und dreifach so reich war. Dieser fremde Kerl, Alban hieß er, war fleißig, hilfsbereit und nur halb so alt wie Josi. Schon am zweiten Tag sagte er, daß er zwei Jahre auf Staatskosten zugebracht habe. »Gestohlen wird bei mir aber nicht«, sagte Josi zu ihm, wenn er etwa einem Hühnerstall zusteuern wollte. Alban bekam einen Anteil vom Erlös. Trotzdem war für Josi noch kein Sammeljahr so ergiebig gewesen. An einem Abend, als Josi die Einnahme für Tausendguldenkraut in seinem Brustbeutel verstaute, spürte er einen seltsamen Blick Albans auf sich ruhen. Er verstand diesen Blick: »Hast wohl schon einen umgebracht wegen ein paar Pfennig?« fragte er ihn. »Deswegen bin ich nicht gesessen«, murmelte Alban.

Obwohl erst Spätsommer war, wanderten sie bereits Josis Heimat zu. Auf der Anhöhe vor dem Dorf sagte Josi: »Da unten bei der Kirche ist das Grab meines Vaters. Dort siehst du das Haus meines Ziehbruders. Ich habe da etwas zu tun. Dich will ich aber nicht dabeihaben. Morgen beim Zwölfeläuten bin ich wieder hier.«

»Hei, dieses Jahr kommst du aber früh. Geht es mit den Gelenken nicht mehr?« sagte Vinzenz. Nein, er müsse etwas besorgen, nur eine Nacht wolle er dableiben. Und dann bat Josi um Federhalter, Tinte und Briefpapier. Den ganzen Nachmittag und den Abend, bis in die Nacht hinein, saß er allein und schrieb. So schwer hatte er es sich doch nicht vorgestellt – er wußte nicht, wann er das letztemal geschrieben hatte, und die Finger versagten ihren Dienst. Vinzenz' Tochter wollte ihm helfen; das gehe nicht, sagte er grob.

Als er den dritten Brief begann, fing Vinzenz an zu spotten, ob er in drei Städten einen Schatz habe. »Auch Vagabunden haben Verpflichtungen«, murmelte Josi. Irgend etwas schien mit ihm nicht zu stimmen. Am andern Morgen war er aber wieder der alte. Er besuchte den Gottesdienst und sprach anschließend im Pfarrhof mit dem Pfarrer. Theresia, die eine recht fromme Frau war und jeden Tag zur Messe ging, wartete eine Weile auf dem Friedhof; sie mochte den Josi immer noch. Es dauerte ihr aber zu lange, und sie war etwas ungehalten, weil sie nicht erfahren konnte, was Josi so lange beim Pfarrer tat. Er hatte ihm einen Brief zur Aufbewahrung gegeben und ihm aufgetragen zu warten, bis er wieder von ihm höre. Der Pfarrer, ein freundlicher Herr, sicherte ihm zu, sein Geld – um das handele es sich, dachte der Pfarrer, denn der Brief war dick – so lange aufzubewahren. Dann sprachen sie von den Städtchen im Allgäu. Beim Vormittagsvesper war Josi dann recht guter Stimmung. Vinzenz und seine Frau blieben länger sitzen, als sie eigentlich durften; sie hatten viel Arbeit mit dem Obst.

Als es zwölf läutete, kam Josi zu Alban, der bereits wartete. An diesem warmen und schönen Herbsttag wanderten sie wieder den Bergen zu. Als sie sich in der Nähe der Stadt Kempten befanden, sagte Alban: »Da will ich nicht hin, da bin ich daheim.« Josi wollte aber dem Apotheker im Herbst Kümmel bringen. »Das feine Zeug mag ich nicht sammeln«, sagte Alban und verschwand. Nach drei Tagen war er wieder da und murmelte: »Bin doch bei der Mutter gewesen.« Josi verstaute das Kümmelgeld recht umständlich in seinen Beutel. Weil Alban nicht beim Sammeln geholfen hatte, bekam er keinen Anteil. Er konnte aber gut sehen, daß viel Geld im Beutel war, und Josi spürte wieder Albans seltsamen Blick.

Der Herbst blieb schön, und sie kamen weit in die Berge hinein. An einem Abend regnete es aber in Strömen, und es blies ein kalter Wind. Sie fanden einen Heuschober und machten sich die Nester für die Nacht. »Heute gehen wir in den Ort. Ich weiß dort ein schönes Gasthaus. Wir wollen einmal wieder gut essen und trinken«, sagt Josi. Er bezahlte auch Albans Zeche und nahm eine Flasche Wein für die Nacht mit. Vor der Nachtruhe tat Josi, als ob er im Rucksack etwas suche, und beim Einräumen vergaß er, sein großes, scharfes Pflanzenmesser und einen Brief einzustecken.

Mit diesem Messer im Herzen fand man Josi, in seiner Hosentasche entdeckte man einen Brief. Er habe einen Kameraden aufgefordert, ihn zu töten, das Gericht solle ihm gnädig sein, er habe ihn dafür bezahlt. Alban, den sie bald erwischten, konnte einen Brief ähnlichen Inhalts vorweisen. Über die Höhe des Lohnes machte er falsche Angaben, denn seine Mutter lebte besser, solange er im Zuchthaus saß. Der dritte Brief beim Pfarrer enthielt Geld für den Grabkauf in der verwilderten Ecke, wo niemand beerdigt sein wollte, weil dort ein Fremder lag. Vinzenz fand auch in der offenen Tasche Geld, das sie für die Grabpflege verwendeten.

Die Brüder, die Großmutters Erzählungen zuhörten, spotteten über ihre kleine Schwester, weil sie um einen Josi, der schon seit sechzig Jahren tot war, weine. »Ich weine ja, weil sein Grab nicht mehr da ist. Ich weiß, wo Tausendguldenkraut wächst. Davon hätte ich ihm einen Strauß auf das Grab getan.« »Er hätte ja gar keine Freude an deinem Buschen. Hast du denn nicht gemerkt, daß er nichts umsonst wollte, nicht einmal den Tod?« sagte Großmutters gescheitester Enkel. »Der Urgroßvater hatte recht, der Josi war ein Feigling«, sagte der Große. Darauf schimpfte die Großmutter und fragte ihn, ob er denn keine Arbeit habe.

# Des Bettlers Fluch

Zu Paulines Jugendzeit kamen viele Bettler durch die Dörfer. Es waren Kriegsinvaliden, durch Unglücksfälle Verstümmelte und Kranke, völlig verarmte Frauen, die viele Kinder zu versorgen hatten und deren Männer nicht arbeiten wollten oder tot waren, Zigeuner, Kesselflicker und Bärentreiber. Manche hatten ihr Elend selbst verschuldet. Wenn ein Bauer ihnen Arbeit anbot, statt einen Most zu geben, nahmen sie schnell Reißaus. Man sah sofort, wo Hilfe nötig war. In den meisten Häusern half man gern: mit einem Stück Brot, ein paar Pfennigen oder eben mit Most.

Ein Haus im Dorf mieden die Bettler, als hätten sie es untereinander ausgemacht. Die Bäurin aus diesem Haus sagte auf dem Kirchweg zur Nachbarin: »Wenn man dem Pack etwas gibt, unterstützt man damit nur die Lumperei.« Die Nachbarin schämte sich geradezu, weil sie am Vortag einer Zigeunerin ein Ei geschenkt hatte. Dabei waren Laubers, so hießen die von den Bettlern gemiedenen Leute, gar nicht geizig. Wenn für die Missionen geopfert oder für ein neues Kirchengestühl gesammelt wurde, gaben sie den größten Betrag. Der Pfarrer hatte sie dafür sogar schon lobend in einer Predigt erwähnt. Die Hartherzigkeit schien von dem Haus nicht weichen zu wollen: bereits die Schwiegermutter der Bäurin haßte das fahrende Volk und jagte es von der Tür. Ihre beiden Söhne, der Bauer und sein lediger Bruder Lorenz, hatten ein gutes Herz; ihnen tat es leid, wenn die Frauen so hart waren. Sie gaben am Sonntag um so mehr in den Opferstock.

Diesem Haus näherte sich eines Tages ein Bettler, der vermutlich noch nie in der Gegend gewesen war. Nachher sagte er, es sei ihm bang gewesen, als er sich dem aufgeräumten Haus genähert habe. »Nur ein Stück Brot, Gott wird es euch vergelten«, sagte er zur Frau, die aus dem Fenster schaute. »Mach, daß du weiterkommst, du Faulenzer, Bettelsiech...« geiferte sie. Der Bettler murmelte nur vor sich hin. Er hatte so etwas schon öfter erlebt; er wird sein Glück am nächsten Haus versuchen. Als er beinahe wieder auf der Straße war – ein sauberer Kiesweg führte vom Haus etwa fünfzig Meter zu ihr hin – fiel ihn Laubers Riesenhund an. Der Bettler, der einen Stelzfuß hatte, fiel sofort auf den Boden und konnte sich nicht wehren. Er erlitt Bißwunden und stand Todesängste aus. Er kämpfte um sein Leben und schrie in höchster Verzweiflung laut um Hilfe, während der Hund seine Kleidung zerfetzte und ihn zuschanden richtete. Endlich bequemte sich Laubers Richard, den Hund zurückzupfeifen.

Pauline vergaß es nie: Der Bettler bebte, seine Augen funkelten, die Haare sträubten sich, und er ballte die Faust gegen Laubers Haus, als er den Fluch ausstieß: »Dieser Frau wünsche ich eine böse Sterbestunde.«

Außer Richard lebten dort auch zwei Mädchen. Sie wurden in der Schule vom Lehrer oft gelobt, weil sie so ordentlich gekleidet waren, auf ihre Schulsachen peinlich genau achtgaben und nie auffielen. Auch das Haus und alles drumherum strahlte vor Sauberkeit. Sogar die Reisighaufen waren bei ihnen akkurat gestapelt.

Im Haus war es sicher besonders sauber, doch man bekam die Zimmer nie zu sehen. Die Lauberin fertigte den Briefträger auf der Treppe ab. Sie mochte auch keine Handwerker auf die Stör, und brauchte sie die Zimmerer, gab sie ihnen Geld und wies sie an, bei Pauline in der Wirtschaft zu essen. Die Kinder durften niemals Spielgefährten mitbringen, noch weniger in andere Häuser gehen. Sie bekamen auch kein Vesperbrot mit in die Schule. Wenn ein Bub dem Richard einen halben Apfel geben wollte, sagte er: »Ich darf nichts annehmen, von der Mutter aus.« Redeten die Schulmädchen auf dem Weg miteinander, was es bei ihnen daheim an Ostern zu essen gebe, sagte Maria, die größere der Laubermädchen: »Das weiß ich nicht«, und Renate: »Ich darf es nicht sagen, von der Mutter aus.« Die Lauberin betonte immer wieder: »Bei uns kommt nichts aus dem Haus.«

Richard schlug seiner Mutter nach. Er war ihr folgsamer, in allem gleichgearteter Sohn. Die beiden Mädchen litten unter ihrem Regiment, weil sie nicht wie die Nachbarstöchter am Abend vor die Kapelle zum Spielen und später zum Plaudern durften. Um so enger schlossen sie sich den Männern, dem Vater und Onkel Lorenz, an. Lorenz war früher ein Tausendsassa gewesen. Es hatte kaum ein Mädchen gegeben, das nicht gern mit Laubers Lorenz »ging«. Seine Mutter dagegen war hart. »Wenn du nicht auf einen rechten Hof kommst, dann laß das Heiraten«, und was ein rechter Hof war, wußte nur sie. Der ältere, Anton, lief nicht den Mädchen nach, er wäre zu gerne Lorenzens Knecht geworden, hätte also sein Erstgeburtsrecht abgegeben. Doch ihre Mutter war für Ordnung. Sie suchte für den Ältesten eine Frau, eine, die ihr paßte, eine, die genau war wie sie selber. Lorenz wurde still und hatte dann seine Freude an den Mädchen; vor allem Renate war sein Liebling. Wenn sie zum Tanzen gehen wollte, bekam Lorenz mit seiner Schwägerin immer wieder Streit, weil sie es nicht dulden wollte. Ab und zu setzte sich Lorenz durch, er mußte Renate aber zum Tanzboden begleiten. Nachher redete Lorenz auf sie ein: Der und der hat Interesse an dir, der und der ist ein netter Bursche. »Du mußt früh heiraten, sonst kommst du nicht dazu.« Er half auch, ein Stelldichein zu bewerkstelligen, heimlich, damit die Mutter ja nichts merke.

Maria, Vaters Liebling, wollte nicht zum Tanzen. Aber eines Morgens war sie verschwunden. Der Lauber wurde beinahe verrückt vor Kummer. Nach einiger Zeit kam aus Amerika ein Brief – sie sei heimlich fort, mit einer Gruppe junger Leute, die Mutter hätte es ohnehin nie geduldet. Dann lebte der Lauber von einem Brief zum andern. Besonders der eine, in dem Maria ihnen mitteilte, sie habe einen kleinen Anton – nur sage man dort Tony –, freute ihn. Richard sagte dagegen auf dem Kirchplatz: »In dieses Land, in so ein unordentliches, paßt die Maria hin, hat die Mutter gesagt.«

Als Renate auf die Zwanzig zuging, wurde Lorenz ungeduldig mit ihr. Er forderte ihren Verehrer auf, abends einfach zu ihnen zu kommen. Dort ging es Wilhelm – so hieß er – aber schlecht: nur Lorenz war freundlich, Richard und die Lauberin schauten ihn hämisch an. Die arme Renate war verlegen und traurig, wußte weder ein noch aus. Lorenz warf ihr anschließend vor, sie sei selber schuld, wenn sie keinen Mann bekomme. Renate verlor immer mehr den Mut und die Kraft, um gegen die Mutter anzukämpfen. Sie fühlte sich oft krank und schwach, besonders wenn sie ihre Tage hatte.

Schließlich gab sie dem Drängen der Mutter nach und ging ins Kloster. Sie kam weit fort, in die Gegend von Aachen. Eine Verwandte der Lauberin war einst dort Nonne gewesen. Anfangs meinte Renate noch, es gefalle ihr; der Umgang mit anderen jungen Mädchen war für sie neu. Doch der Orden hatte strenge Regeln. Nachdem sie die Gelübde abgelegt hatte, durfte sie kaum mehr mit jemandem reden, nur beten und arbeiten. Die Oberin, eine feine Frau, bemerkte, wie sehr das Mädchen litt, und half Renate wieder aus dem Kloster heraus. Auch das beträchtliche Vermögen gab sie ihr zurück und verhalf ihr zu einer Stelle bei einer noblen Dame. Die Leute sagten später, Renate sei dort nicht ein gewöhnliches Dienstmädchen, sondern Gesellschaftsdame gewesen. Bei ihrer Herrin lernte sie einen netten Mann kennen. Er lud sie bald ein, mit ihm das Theater zu besuchen. Zum ersten Mal war Renate sehr glücklich, sie wollte schön sein für diesen Mann. Ihre kahlgeschorenen Haare sahen aber aus wie frischgewachsener Schnittlauch. Der Frau hatte sie schon oft die Haare onduliert, nun wollte sie es bei sich selber probieren. Vielleicht war sie etwas aufgeregt, als sie mit dem Zeitungspapier, der Brennschere und dem Spiritusfeuerchen hantierte. Es war nur eine einzige Unachtsamkeit – plötzlich brannte sie lichterloh. »Wie das Paulinchen im Struwwelpeter«, seufzte eine Enkelin. Erst einige Tage später sei sie gestorben, wußte die Großmutter. Die Leute hätten gesagt, das sei die gerechte Strafe für ihre Hoffart und den Bruch des Gelübdes. Lorenz starb kurz danach, lange vor seinem Bruder, an Auszehrung; auch das wußte die Großmutter.

Bei Laubers ging alles wie gewöhnlich weiter. Richards Frau freute sich mit ihrem Schwiegervater, wenn ein Brief aus Amerika kam. Sie war etwas umgänglicher, man konnte sie über das Hauswesen fragen. »Was hat denn die Schwiegermutter, daß sie hinken muß?« wollte einmal eine Nachbarin wissen. »Sie hat eine böse Zehe, die nicht heilen will.« Lange Zeit konnte die Lauberin das Hinken verbergen; auch als die Krankheit sich verschlimmerte, versuchte sie, ihr Leiden zu verheimlichen. Allmählich fiel jedoch auf, daß immer wieder die Krankenschwester zu Laubers ging. Sie erzählte es vielleicht auch anderen Leuten. Die Dorfbewohner bekreuzigten sich: »Sie wird den Brand haben – Gott behüte uns davor.« Weil die Lauberin den Altersbrand in so jungen Jahren – sie ging erst auf die Sechzig zu – bekam, zog er sich bei ihr besonders lang und heftig hin. Eine Zehe nach der andern färbte sich schwarz. Keine Binde und keine Salbe halfen. Schließlich konnte sie das Hinken nicht mehr verbergen. Oft lief einem ein Schauer den Rücken herunter, wenn man die Frau bis zur Straße stöhnen hörte. »Wo doch nichts aus dem Haus durfte«, dachte vielleicht einer, wenn es nicht gerade der brävste war.

Der Arzt sagte, daß man den Fuß abnehmen müsse.

Dagegen wehrte sich aber die Lauberin mit aller Kraft, lieber wollte sie die schlimmsten Schmerzen aushalten. Ja, lieber wollte sie sterben.

Einige Zeit verging, und die Krankenschwester meinte: »Normalerweise müßte sie längst tot sein. Sie hat ein unheimlich gutes Herz.« Die Leute wußten natürlich, warum die Lauberin so lange leiden mußte. Pauline hatte den Vorfall mit dem Bettler überall erzählt. Man wunderte sich daher nicht, daß die Sterbestunde der Lauberin, die eher eine Sterbewoche war, so schwer wurde. Die Obstbäume blühten, und es ging ein scharfer Ostwind. Laubers Haus lag am östlichen Rand des Dorfes, der Wind trug die Schreie mit. Besonders nachts, wenn keine Sensen gedengelt wurden und keine Wagen fuhren, hörte man sie. Die junge Frau tat die Kinder aus dem Haus. Nach der dritten schlimmen Nacht schlug Richard den Hund tot. Er hatte die ganze Zeit mitgeheult.

Jeden Abend beteten die Leute in der Kapelle, daß die Lauberin endlich sterben könne. Als sie am Abend vor dem Sonntag aus der Kapelle kamen, war das Stöhnen nicht mehr zu hören. Der Vorbeter lief schnell, das Totenglöcklein zu läuten, und alle beteten wie erlöst: »Herr, gib ihr die ewige Ruhe.« Doch als sie sich auf den Heimweg begaben, fing das Jammern von neuem an. In dieser Nacht starb sie dann endlich.

»Von dem Bettlerfluch halte ich nichts«, sagte die älteste Enkelin, »schon oft wurde geflucht und ein Hund gehetzt. Die Lauberin mußte erfahren, wie es ist, wenn man verbrennt.« »Sicher hat sie dann weniger an Fegfeuerqualen leiden müssen.« »Darum haben alle im Dorf lange Zeit und fest gebetet«, schloß die Großmutter ihre Erzählung.

# Die Feindschaft

»Damals waren die Leute nicht besser als heute«, begann die Großmutter diese Geschichte. Vor allem habe es mehr Feindschaften zwischen den Nachbarn gegeben. Wollten die Zuhörer wissen, warum, sagte sie fast unwillig: »Meint ihr denn, jeder hätte damals nur so seiner Wege gehen können? Die Leute waren aufeinander angewiesen, und ein Nachbar mußte dem andern helfen: wenn zu viel Arbeit anstand, in Krankheits- und Sterbefällen, wenn Salz oder Essig ausgingen, wenn Geräte beschädigt waren. Auch wegen der Haustiere lief man zum Nachbarn. Oft mußten drei Männer helfen, wenn eine Kuh nicht kalben konnte oder ein Schwein in die Güllengrube gefallen war.«

Diese Geschichte trug sich nicht in Paulines Dorf zu, sondern in einem benachbarten, bachaufwärts gelegenen Ort. Das Bachtal wird dort eng und drückt fünf Höfe nahe aufeinander. Es sah aus, als müßten alle Häuser an der gleichen Stelle aus dem Bach trinken. »An den Hängen und noch mehr auf der Höhe hätten die Anwesen genug Platz gehabt. Dann hätten diese Bauern nicht miteinander streiten müssen«, meinte die Großmutter.

Dort auf den Höhen und am Hang hatten die Bauern aber ihre Fruchtfelder stehen: Gersten-, Weizen-, Roggen-, Korn- und Haberäcker wechselten sich ab. Die Gegend lud zum Verweilen ein, vor allem im Sommer, wenn das Getreide reifte und die Kornblumen und der Mohn blühten. Ein Kranz von Obstbäumen umgab die Häuser, und eine Mühle klapperte am Bach.

Die Bauern, die große Fruchtäcker dort besaßen, mußten schwer arbeiten. Ackern, eggen, säen, dann Disteln stechen im Frühjahr. Die Ernte begann mit der Gerste, und dann hieß es schuften bis zum Herbst. Das Getreidemähen mit der Sense verlangte besonders viel Kraft und Ausdauer. Schon frühmorgens um drei Uhr fingen die Männer damit an. Sie mußten in der Frühe noch nicht so stark schwitzen und hörten dabei das schönste Vogelkonzert. Das Garbenbinden kostete aber viele Schweißtropfen. Auch die Kinder mußten mithelfen: Sie legten Bindebänder und boten sie den Garbenbindern auf. Es war für sie nicht leicht, barfuß zwischen den Stoppeln, die manche Zehe blutig stießen. Wenn sie auf eine Ähre traten, fluchte der Vater. Beim Nachrechen mußten sie auch helfen, doch beim Ährenlesen brauchten sie nicht dabei zu sein. Aus der Stadt kamen ganz arme Frauen und fragten, ob sie diese Arbeit verrichten dürften. Die Bauernkinder kamen sich dann wie Herren- oder gar Fürstenkinder vor.

War endlich abgeerntet, ging wieder das Ackern, Eggen und Säen los. Ja, und den ganzen Winter, meist bis nach Fasnacht, hatten sie mit dem Dreschen alle Hände voll zu tun. Manches Getreide, hauptsächlich den langen Roggen, dessen Stroh man im nächsten Jahr für Bänder brauchte, drosch man mit Dreschflegeln. Es war schön, wenn man morgens aufwachte und als erstes Geräusch den Takt der Dreschflegel hörte. Schon zu Paulines Jugendzeit hatten sie aber eine Dreschmaschine, die vom Göppelhaus aus angetrieben wurde. Ein Bub mußte den Ochsen oder das Pferd dort immerzu im Kreis herumführen. Beiden wird es dabei drimmlig geworden sein. Andere Kinder mußten vom Urbet und der Bo Garben hinunterwerfen – von einem Stock zum andern, bis sie beim Drescher an der Klappermaschine gelandet waren. Keine der Arbeiten war angenehm, Kälte und Staub taten das Ihre. Nur wenn ein Stock leer und die letzte Garbe aufgehoben wurde, kam gute Stimmung auf. Viele Mäuse sausten nach allen Seiten. Die Katze wußte das auch, aber vor lauter Aufregung erwischte sie oft keine einzige.

Das Getreide fiel nicht sauber aus der Maschine, noch

schlechter war es unter dem geflegelten Stroh. Es mußte also durch die Blähmühle. Diese Maschine erzeugt Wind, der die Spreu vom Weizen trennt. Den Kindern geriet oft eine Gerstengranne ins Genick, die abscheulich juckte. Die Blähmühle drehen war nämlich auch eine Arbeit für die Kinder. Weil sie so schwer zu handhaben war, wechselten sie sich ab, damit die Blasen an den Händen nicht gar zu schlimm wurden. Wenn sie nicht drehen mußten, gruben sie tiefe Höhlen in die Strohhaufen, die vor den Stadeln lagen. Die Großmutter sagte, sie sei nie in eine hineingekrochen, weil sie Angst gehabt habe, nicht mehr herauszufinden. Wenn man den Frühling ahnen konnte, sagten die Schulkinder erleichtert: »Ätschgäbele, wir sind schon fertig mit Dreschen!«

Dann mußten noch Strohbänder für die neue Ernte geflochten werden, wozu man ein Gerät, den Strohbock, benützte, um das Stroh geschmeidig zu machen. Manche Magd konnte die Bänder sehr flink flechten, man sah überhaupt nicht, wie es vor sich ging. Bei dieser Arbeit konnte man reden und lachen. Es war nur schade, daß das Stroh dabei feucht sein mußte, denn sonst wären die Halme gebrochen. Nach einer halben Stunde war man von dem Strohwisch, den man unter die Achsel preßte, naß bis auf die Haut, und im Göppelhaus oder in der Tenne war es kalt und zugig.

»Verdienten denn die Bauern mit der Frucht genug Geld?« fragte ein Zuhörer. »Sie wurden nicht reich«, meinte die Großmutter. Jeder Bauer wußte aus Erfahrung, wieviel Weizen und Roggen er in Säcken auf die Schütte tragen mußte, um Brot für ein Jahr zu backen. Hatte er viele Kinder und eine Bäurin, die gerne Weißbrotzöpfe für den Sonntag buk, mußte der Weizenberg in der größten Dote hoch sein. Auch Doten für Gerste, Roggen und Haber waren auf der Schütte, denn die Pferde, Schweine, Kälber und Hühner wollten das ganze Jahr hindurch satt werden.

Die übrige Frucht fuhr der Bauer in Säcken, auf denen mit

schöner Schnörkelschrift sein Name stand, zum Müller. Vom Korn, wie sie den Dinkel nannten, verkaufte er alles, denn er konnte am meisten dafür verlangen, weil es das feinste Weißmehl gab. Der Müller war der reichste Mann in dem kleinen Dorf.

Zwei Anwesen standen dort besonders nah beieinander. Die Giebelwände ihrer Stadel berührten sich beinahe oben am Dachfirst. Die beiden fensterlosen Stadelwände trennte ein ganz schmaler Pfad. Dort war es düster und der Boden immer feucht und glitschig. Den schmalen Weg vor den Stadeln bedeckte schönes, aber festgetrampeltes Gras. Er führte schnurstracks von der Straße oben den Hang herunter, bildete die Grenze zwischen den beiden Anwesen und stieß nach den beiden Häusern wieder auf die große Straße. Die Schulkinder benützten diesen Grasweg als Abkürzung im Sommer und im Winter. Soviel die Großmutter wußte, war der Pfad der Anlaß zur ersten bösen Auseinandersetzung zwischen den Leuten. Gemocht hatten sie sich vielleicht schon vorher nicht. Wenn sie Hilfe brauchten, holten sie eben andere Nachbarn. Bei den einen, den Holders – so hießen sie zwar nicht, es war nur ihr Hausname –, war der Bauer ein böser Siech. Bei den andern, den Bachmeiers, suchte die Frau ständig Streit. Der Holder ärgerte sich stets, weil die Schulkinder den Weg benutzten. Der Bauer fürchtete, er könnte immer breiter werden von den Schülerfüßen, er drohte, wenn ein Kind seinen Schulweg abkürzte, mit der Faust und schimpfte: Sie sollen die Straße gehen! Die Kinder aber mochten dem Holder nicht folgen. Es gab keinen Weg, auf dem man so herrlich barfuß laufen konnte; auch der kühle Dreck zwischen den Zehen war angenehm. Die ungeliebte Straße verlängerte ihren Schulweg zudem um fünf Minuten. So lugten sie, ob der Holder nicht zu sehen sei, und rannten dann wie die Hasen. Er lauerte ihnen aber oft auf und verfolgte sie mit der Mistgabel. Zwischen den beiden Stadelmauern, wo der Weg finster und stets rutschig war, packte er manchmal ein Kind und verprügelte es. Einmal erwischte er ein Mädchen, das nicht schnell genug entkommen konnte, und verdrosch es gehörig. Wegen dieses Mädchens – es war das Schwesterkind der Bachmeierin – wurden der Holder und die Bachmeierin erstmals tätlich. Die Fetzen flogen. Der Bachmeier sagte nachher zu seiner Frau: »Die dicke Klara soll halt schneller rennen. Außerdem geht es ja auch um unser Gras. So etwas will ich nicht mehr erleben!« Die Holderin sagte zu ihrem Mann: »Wegen des bißchen Grases eine andere Frau verhauen! Du solltest dich schämen!«

Bald darauf war zwischen den Stadeln über Nacht eine Sperre aus Ketten und Draht angebracht worden. Die Kinder kamen nicht hindurch und nicht hinüber. Als sie der Bachmeier traurig die Straße entlanggehen sah, schaute er nach, warum sie nicht mehr die Abkürzung nahmen. Auch in seiner Stadelmauer waren durch das Anbringen des Hindernisses Löcher entstanden. Er riß alles weg. Obwohl er niemand sah, schrie und fluchte er zu Holders hinüber: »Das wäre noch schöner, wenn ich nicht einmal um mein eigenes Sach gehen könnte!«

Wieder über Nacht war der Weg in seiner ganzen Länge mit stinkendem Schweinemist bedeckt. Natürlich lag der Mist auch auf Bachmeiers Seite. Die Bachmeierin zeterte. Sie schleuderte den Mist nach Holders Seite. Dann ging sie hofrecht zu Holders Grashaufen vor dem Stall und holte davon einen Schubkarren voll für ihr Verdorbenes am Weg. Der Holder warf ihr einen Roßbollen nach.

Bald lag Bachmeiers Gockel tot zwischen den Stadelmauern. Einige Zeit später, als Holders Ferkelsau ausbrach und in Bachmeiers Garten wühlte, warf der Bachmeier einen Prügel nach ihr. Unglücklicherweise traf er ein kleines Ferkel, das er dann tot in Holders Hof warf. Die Hühner und Gänse kannten die Grenzen nicht genau, wußten auch nichts vom

Streit. So gab es manche Tote, hüben wie drüben, auch Katzen und Tauben.

Beide Familien hatten je zwei Kinder. Es war ihnen natürlich verboten, miteinander zu reden. Doch das war nicht so einfach, weil sie so nah beieinander lebten. Der Holder, der gerne kleine Mädchen verdrosch, legte seine kleinere Tochter immer wieder übers Knie, weil er gesehen hatte, daß sie mit dem Eugen, Bachmeiers Älterem, lachte. Seine größere Tochter Lina erwischte er dagegen nie. Sie streckte dem Eugen die Zunge heraus – das gefiel dem Holder. Als sie einen Stein nach Hugo warf, hob ihn Eugen auf, denn sein kleiner Bruder weinte jämmerlich: Lina hatte gut getroffen, und dem Hugo wuchs eine Beule mitten auf der Stirn. Eugen zielte auf Holders Ochsen, der weit entfernt im Obstgarten weidete. Eugen, ein besonders guter Sportler – er konnte laufen, klettern und vor allem werfen wie kein anderer –, traf den Ochsen ins Auge. Es lief aus. Das war der erste Anlaß, der Holder dazu brachte, seinen Nachbarn zu verklagen. Es kam zu keiner Verurteilung, denn Eugen war noch zu jung. Auch sagte er zu den Herren: »Ich habe es nicht mit Fleiß getan.« Aber wegen des halbblinden Ochsen war Eugen lange Zeit traurig.

Die Feindschaft zog sich über Jahre hin. An einem Frühjahrstag zeigte der Bachmeier seinen Nachbarn an, und er hatte allen Grund dazu. Dem sich anschließenden Prozeß war folgender Vorfall vorausgegangen: Einige Bauern, denen die Schinderei mit der Frucht zu viel war, hörten, daß die Bauern am Bodensee Obstbäume pflanzten. Obst gebe ein schönes Geld, es mache nicht so viel Arbeit, und unter den Bäumen könne man ja mähen und heuen. Bachmeiers waren von dieser Idee begeistert. Sie hatten sonnige Hänge, auf denen die Obstbäume sicher gediehen. Vor allem Eugen, der aus der Schule gekommen war, redete von nichts anderem mehr. Er drängte den Vater ständig, in diese und jene Baumschule zu fahren, oft weit fort, um Baumpflanzen zu kaufen. Sie hatten schon einige Fruchtäcker in Obstwiesen verwandelt. Der Holder mochte diesen Fortschritt aber nicht mitmachen, er lachte und schimpfte oft deswegen.

An einem Morgen, die Bäume blühten, erschraken der Bachmeier und sein Sohn gehörig, als sie zu ihrer ersten und schönsten Anlage kamen. Zuerst trauten sie ihren Augen nicht, doch dann brüllten und fluchten sie. In allen Reihen – es waren acht – standen nur noch kahle Pfähle. Die blühenden Baumkronen lagen auf der Erde. Die Nachbarschaft lief zusammen. Sogar aus anderen Dörfern kamen die Leute, um den Schaden anzuschauen. Das war Baumfrevel! Die Landjäger gingen auf Holders Hof. Sie suchten Spuren, überprüften die Säge und die Schmutzschuhe, verglichen den Schuhdreck und fragten die Holderin und die Mädchen, wo der Vater in den letzten Nächten gewesen sei. Man konnte jedoch dem Holder nichts nachweisen. Aber die Feindschaft blieb und steigerte sich über die Jahre zur Todfeindschaft. Die Holderin weinte oft vor sich hin, weil ihr Mann das meiste Geld zu den Rechtsanwälten trug, während sie viel lieber für die Töchter Aussteuer gekauft hätte.

Eugen war an einem schwülen Mittag ganz allein daheim und arbeitete im Heustock. Er mußte Heu auseinander werfen und es feststampfen. Plötzlich kam Holders Lina die Leiter heraufgeklettert.

Die Großmutter zögerte nun, weil ihr das Folgende peinlich war. Sie erzählte, die Lina habe ein weißrotes Gesicht gehabt und ganz helle, fast weiße Haare, genau wie ihr Vater. Ihr Hals und ihre Hände seien voller Sommersprossen gewesen. Für ihr Alter habe sie auch schon recht erwachsen ausgesehen.

Und dann mußte die Großmutter es doch erzählen. Dabei übersprang sie aber die Heustockgeschichte und erwähnte nur, Eugen habe vor Gericht gesagt, Lina habe seinen Hosenladen selber aufgemacht.

Lina, das Luder, hatte nämlich danach den Eugen beschuldigt, daß er sie vergewaltigt hätte. Der Holder mußte schnell zum Rechtsanwalt laufen, denn Lina war noch minderjährig. Die Herren auf dem Gericht glaubten aber die Version mit dem Hosenladen – und Eugen wurde wieder nicht verurteilt. Aber es gab ein unablässiges Gerede in der Gegend. Der Pfarrer wetterte von der Kanzel gegen diese Sünde der Unzucht, und der Lehrer sprach zu den Schülern vom Verfall der Sitten. Eugen ging nirgends mehr hin, nur noch auf seine Felder. Auch seine Eltern und Hugo wurden leutscheu.

Holders hätten nun triumphieren können: jetzt hatten sie den Nachbarn kleingekriegt! Es hätte auch die Feindschaft noch ärger aufflammen können. Nichts davon geschah – der Haß schlief ein. Jemand hörte sogar, wie der Holder zur Bachmeierin »Grüß Gott« sagte. Nun, wo es um ihre Kinder, nicht um Gras, Schweine oder Bäume ging, waren die Feinde mürbe geworden. Der Holder hätte nämlich besser getan, die Sache mit dem Heustock nicht an die große Glocke zu hängen. Auf Holders zeigten nämlich danach die Leute gleichfalls mit Fingern. Mit der Lina mochte niemand mehr reden.

Sie schickten Lina dann weit weg zu Verwandten. Dort ging es ihr nicht gut. Sie heiratete, sobald es ging, einen groben Sattler, der seine Riemen gern an seiner Frau ausprobierte. »So sagte man«, meinte dazu die Großmutter.

»Und der Eugen?« fragte Großmutters größter Enkel, den sie beim Erzählen lieber nicht dabeihatte. »Er ging zu den Soldaten. Er ist bald Feldwebel geworden – das kam von seiner Sportlichkeit.« Dann brach der Krieg mit Frankreich aus. Eugen meldete sich zu den gefährlichsten Attacken, und er erhielt hohe Auszeichnungen. Wie ein Unsinniger suchte Eugen den Tod. Der Krieg dauerte nur ein Jahr, nicht vier

Jahre wie der unsere, erwähnte die Großmutter. Eugen mußte sich beeilen, erst ganz am Ende des Krieges fand er den Tod. Außer ihm fiel kein Mann aus der Pfarrei. Nachbarn hörten, wie der Holder der Bachmeierin das Beileid aussprach.

Holders weißrotes Gesicht ist schließlich gelb und gelber geworden. Er mußte sterben, bevor er sechzig war. Die Bachmeierin sagte zu ihrem Mann: »Geh hinüber und hilf ihr«, wenn die Holderin den Weizen nicht rechtzeitig unters Dach brachte. Die Holderin sagte zu ihrer jüngeren Tochter: »Da, bring Küchlein hinüber, der Hugo wird gerne welche mögen.« Hugo bekam nämlich nie Küchlein, denn seine Mutter war schwermütig geworden, und da mag man keine Küchlein backen.

Heute sieht man nicht mehr, daß dort einmal zwei Höfe standen. Hugo und das Holdermädchen haben einen Stadel abreißen lassen.

# Das Elsternnest

Als Hubert und Pauline noch Schüler waren, überredeten sie manchmal ein paar Nachbarskinder, mit ihnen an die Eisenbahn zu gehen. Hubert sah die sausenden Züge zu gerne. Man mußte, um dorthin zu gelangen, allerdings eine gute Stunde lang einen finsteren Wald durchqueren; da war man besser zu fünft als zu zweit. Kamen die Kinder endlich aus dem Wald, lag ein enges Tal vor ihnen, und sie setzten sich oben an den Waldrand, um zu schauen. Sie überblickten einen ziemlich großen Teil des Tals. Ein breiter Bach floß dahin, von einem Bahngleis begleitet. Es schien, als ob Bach und Bahn sich feindlich gesinnt seien. Immer wieder hatten einst die Bahnbauer eine Brücke errichten müssen, um dem Bach zu zeigen, daß die Bahn stärker ist als er. Drei Brücken mit ihrem häßlichen Gestänge sahen die Kinder allein in diesem Abschnitt. Außerdem konnten sie zwei Bahnschranken erkennen, von denen die eine geschlossen war. Sie unterbrach den Weg, den die Kinder gekommen waren. »Nur wenn der Bauer, dem der kleine Acker drüben gehört, dorthin muß, wird diese Schranke geöffnet«, wußte Hubert. Die andere Schranke, südlich an einer Straßenüberführung gelegen, schloß plötzlich wie von selbst. So spannend wurde es! Der Eisenbahnzug näherte sich vom weit entfernten See. Die Kinder waren enttäuscht, denn es zuckelte nur ein langer, langsamer Güterzug daher. Die Lokomotive schnaufte und dampfte, die Kinder hätten ihr am liebsten geholfen und hinten geschoben. Nur bei ein paar Wagen sah Hubert, daß Sand geladen war, die anderen waren überdacht. »Wir warten, bis ein Schnellzug kommt«, sagte Hubert, denn er wollte ihn doch flitzen sehen und den Leuten im Zug zuwinken.

Da schob sich aber eine große, schwarze Wolke vor die

Sonne. Auf einmal war das Waldtal finster. Der vor wenigen Augenblicken noch helle Bach verfärbte sich schwarz, und die glänzenden Gleise wurden stumpf. Das kleine Bahnwärterhäuschen, das schräg unter ihnen in einer Lichtung stand, sah nun fast bedrohlich aus. »Wir gehen jetzt lieber heim«, sagte Pauline. Als sie nicht mehr in die Schule mußten, gingen sie nicht mehr dorthin, auch sonst mieden alle die Gegend. Man hatte dort nichts verloren.

Die Bahnwärtersleute waren seltsam: Zugezogene, die nicht zu den Bewohnern der Gegend gehörten. Den weiten Weg in die Kirche gingen sie nie, und der Bahnwärter kam höchstens zweimal im Jahr ins Wirtshaus. Dann schauten ihn aber alle Leute an, denn er war ein stattlicher Mann. Sein Gesicht war ebenmäßig wie keines, das man sonst kannte: eine hohe, klare Stirn, die gerade Nase nicht zu groß und nicht zu klein oder gar plump, die Haut nicht rot oder bleich, die Augen blau, die geschwungenen Brauen darüber aber schwarz. Sein blondes, gewelltes Haar pflegte er sorgfältig. Sogar seine Ohren waren gefälliger als bei anderen Männern. Er war groß – aber nicht zu groß, auch nicht mager und nicht dick. Alles harmonierte bei ihm. Er bot einen prächtigen Anblick, den die schicke Eisenbahneruniform noch steigerte. Wenn er unterwegs war, setzte er die flotte Mütze schräg auf den Kopf.

In dem Häuschen erwartete ihn, wenn er heimkam, ein häßliches Weib. Ihre Haare hingen fettig und strähnig herab, die Haut war mit Pickeln übersät, die besonders auf der dicken Nase saßen. Die Ohrlappen waren angewachsen. Zahnlücken, ein Doppelkinn, kein Hals, eine gedrungene Figur mit einem schwabbeligen Bauch und einem dicken Arsch machten sie unansehnlich. Ihr unförmiger Leib ruhte auf krummen Beinen, dazu hatte sie lange Finger wie eine Spinne. Nichts paßte bei ihr zusammen. Aber wer ist schon schuld an krummen Beinen! Diese und alles andere hätte man der Bahnwärterin verziehen, wenn sie nicht auch noch wüste Augen gehabt hätte. Die mußte man ihr übelnehmen. Sie waren klein, stechend und so unstet, daß ihr niemand ins Gesicht sehen mochte. Meist eiterten sie; überhaupt war das Weib unsauber. »Ja, hat der Bahnwärter sie denn gemocht?« fragte ein Mädchen die Großmutter. Das wußte er selber nicht, er dachte auch nie darüber nach. Pauline sagte zu den Gästen, sie glaube, der Bahnwärter habe gar kein Wesen. Außerdem hatte er eine Geliebte, nämlich die Eisenbahn. Vor jedem vorbeisausenden Zug stand er stramm und führte die Hand zum Gruß an die Mütze. Der Bahnwärter mußte die beiden Schranken bedienen, und es kam ihm dabei vor, als ob er die Welt bewege. Zudem hatte er täglich seine Strecke abzugehen, um zu prüfen, ob an den Geleisen und an den Brücken alles in Ordnung sei. Die Bahnobrigkeit gab ihm manchmal einige Tage frei. Darum zahlte sie auch der Frau ein kleines Gehalt, damit sie dann den Dienst versehe. Das wollte der Bahnwärter aber nicht; die Bahn gehörte ihm. Weil er, wie Pauline sagte, kein Wesen hatte, brauchte er auch keine freie Zeit, und die Frau machte nie Dienst. »Was tat denn die Bahnwärtersfrau, das Häuschen war doch winzig klein, da hatte sie nicht viel zu putzen?« fragten die Mädchen. »Sie putzte selbst dann nicht, wenn es schmutzig war; sie ging jeden Tag mit ihrer Tochter Ernestine fort«, erzählte die Großmutter weiter. In ihrer Geschichte war die Tochter zwischen vierzehn und zwanzig Jahre alt. In der Schule sei sie strohdumm gewesen. Sie war hübsch, jedoch nicht so sehr wie ihr Vater, die Augen hatte sie von der Mutter.

»Wo gingen die beiden hin?« wollte ein anderer Zuhörer wissen. Oft in den Wald, da suchten sie Pilze und Beeren. Sie sammelten Holz, Tannzapfen, Bucheckern, Haselnüsse, Holunder – der Wald hatte damals noch viel zu geben. Sie nahmen ihm aber auch manches mit Gewalt. Die Frau verstand es, Schlingen und Fallen zu legen. Damit fing sie

Rebhühner, sogar Fasanen am Waldrand. Ab und zu ging ihr ein Hase in die Falle, und jedes Frühjahr stand einige Male ein Rehkitzbraten bei ihnen auf dem Tisch. Wenn der Bahnwärter den guten Braten aß, fragte er nicht, woher er sei, sondern lobte das feine Essen. Darüber freute sich die Bahnwärterin.

Oft gingen sie auch an den breiten Bach, dann gab es bei ihnen gebratene oder gesottene Forellen. Stine, wie man die Tochter nannte, war flink, und die Alte war mit dem Wetter vertraut, darum wußte sie, wann Fische sich fangen ließen.

Stine mochte fünfzehn Jahre alt gewesen sein, als ein Herr aus der Stadt das Fischrecht pachtete. Der vorige Pächter hatte sich in diesem abgelegenen Flußwinkel um nichts gekümmert. Der Neue bog gerade um die Waldschneise, als die beiden Fisch um Fisch aus dem Wasser holten. Es wimmelte nur so im Eimer. Blitzschnell schüttete die Bahnwärterin den Eimer aus und zischte Stine an: »Zieh deine Hosen aus!« Das tat Stine viel flinker, als der Herr schauen konnte. »Hab' ich euch endlich erwischt, euch Fischdiebe!« schrie er. »Was, fischen, waschen tun wir«, sagte die Bahnwärterin und zeigte, was sie im Eimer hatte. Der Herr mußte sich schnell von den dreckigen, blutigen Unterhosen abwenden. Er zeigte die Frauen trotzdem an, wenn auch ohne Erfolg, denn lügen konnten sie noch besser als stehlen. Als man Ernestine fragte, wieviele Fische sie wöchentlich etwa fange, sagte sie unschuldig: »Fernd habe ich einmal einen erwischt.« Man konnte ihnen nichts nachweisen. Sie ließen danach das Fischen nicht, waren nur vorsichtiger dabei.

Unternahmen sie nicht gerade Beutezüge am Bach oder im Wald, dann gingen sie auf benachbarte Bauernhöfe, um sich im Tagelohn zu verdingen. Die Bauern nahmen sie zwar nicht gerne, meist auch kein zweites Mal, aber manchmal mußte doch dieser oder jener froh sein an den beiden. Arbeiten konnten sie recht flink, und so kamen die vom Frost bedrohten Rüben noch heim oder es mußten weniger Kartoffeln oder Äpfel wegen des schlechten Wetters verfaulen, wenn die Bahnwärterin und Stine auflesen halfen. Die Bahnwärterin trug unter ihrer schmutzigen Schürze auf dem Bauch einen Beutel. In ihn steckte sie, wenn man vesperte, immer wieder einen Brocken Speck oder Brot und auch den Lohn, den ihr die Bäurin gab. Da der Bauch ohnehin dick und wackelig war, wußte man nicht, was sich alles im Beutel befand. Stine und ihre Mutter arbeiteten geschickt zusammen. Wenn sich beim Kartoffellesen der Bauchsack füllte, lief die Bahnwärterin schnell in den Wald, um ihn im Versteck zu leeren. Stine sagte dann: »Die Mutter hat einen grausigen Durchfall.« Sie hatten mit ihren flinken Augen auch gesehen, wo die vollen Apfelsäcke stehen blieben oder an welchen Bäumen schöne Quitten hingen. Die holten sie dann später, in der Dunkelheit. Darum wollten sie die Bauern im andern Jahr meist nicht mehr einstellen.

Ihre gute Zeit war auf jeden Fall die Hopfenernte. Jeder Hopfenbauer war erleichtert, wenn flinke Hände halfen. So viele Viertel wie die Bahnwärtersfrauen schaffte keine Frau der ganzen Gegend: jede täglich um die sechzehn! Zwar lag ziemlich viel Laub im Korb, der Stiel fehlte an manchem Hopf, und mit dem Auflesen nahmen sie es nicht so genau. Die auf der Erde herumliegenden Hopfen fegten sie unter die aufgerollten Ranken. So kam also ein nettes Geld zusammen, das sie beim Hopfenbrocken verdienten. Außerdem quoll das Waldnest jeden Abend von Birnen und Brot über. Selbst Most, der für die Pflücker bereitstand, füllte Stine geschickt in eine Flasche für den Vater. Sie pflückten bei verschiedenen Bauern, vor allem wenn es dem Schluß zuging. Dann konnten Stine oder die Bahnwärterin es so einrichten, daß eine von ihnen den letzten Ranken bekam, also Hopfensau wurde. Das wollte sonst niemand gern werden, denn man wurde dann bös verspottet. Aber man bekam alle Reste aus den Körben, und die Hopfensau durfte essen und trinken, so viel sie nur wollte. Die Bahnwärterin nahm daher den Spott gerne in Kauf und tat, als ob sie sieben Schiblinge esse und sechs Flaschen Bier trinke.

Einmal erging es ihr jedoch schlecht. Der Hopfenbauer schlich ihr nach und erwischte sie im Wald beim Marennest. Würste, volle Bierflaschen, Küchlein, eine Guckel voll Kartoffelsalat! Der Bauer tobte fürchterlich. Ein andermal hätte er wohl nur gelacht, doch die Hopfenernte war eine strenge Zeit. Der Hopfenbauer konnte in keiner Nacht mehr als zwei Stunden schlafen. Mit den kleinen Hopfendarren wäre er bei Tag nie mit dem Dörren zurechtgekommen. Dazu drohten die empfindlichen reifen Hopfenfrüchte rot zu werden. Regen, Schorf und Läuse schafften dies im Nu. Pflücken und Trocknen mußte also rasch gehen. Außerdem kostete der Verkauf der Hopfen viel Nerven, weil sie keinen festen Preis hatten und man in einem Herbst reich oder arm werden konnte. Der übermüdete, aufgeregte Bauer zeterte also und zeigte die Diebin an. Danach wollte niemand mehr die zwei zum Hopfenpflücken haben, nicht einmal in der größten Not.

Als Stine achtzehn war, ging sie ins große Dorf, um zu putzen. Sie reinigte aber nicht den Bahnhof, die Schule oder das Rathaus, sondern putzte zuerst bei Bäckersleuten, dann im Wirtshaus und beim Metzger. Nach einer gewissen Zeit kündigten ihr jedoch alle. Fast jeden Abend brachte sie etwas mit, und wenn es nur zwei Brezeln waren. Seit der Geschichte mit dem Hopfenbauern tat sich die Bahnwärterin schwer mit dem Einheimsen; überall paßte man nun auf. Auch war sie allein, und ohne die flinke Stine gelang nicht mehr so viel. Es kam zudem ein neuer, strenger Förster, der ging einmal ans Bahnwärterhäuschen mit einer Schlinge, die er im Wald gefunden hatte, und sagte: »Noch einmal, und ich bringe euch ins Zuchthaus.«

Dieser Unstern, der über der kleinen Lichtung aufging,

machte die Bahnwärterin noch umtriebiger. Sie mußte ihren schönen Mann verwöhnen, es war ihr, als spüre er sonst ihre Abscheulichkeit. Schon seit Jahren sagte der Bahnwärter: »Hier gefällt es mir, hier möchte ich leben bis zu meinem Tod.« So klein die beiden Gehälter auch waren, die Bahnwärterin gab kaum einen Pfennig davon aus. Sie sparte sich etwas zusammen und verwahrte es in einer Schuhschachtel. Weil sie dem Mann seinen größten Wunsch erfüllen wollte, hatte sie vor Jahren dem Bauern die verwahrloste Wiese mit den paar kranken Apfelbäumen darauf für ein kleines Geld abgekauft. Der Bauer gab sie gerne her. Hier mochte er nicht arbeiten. Auf dieser Wiese soll einmal, bis sie pensioniert werden, ein Häuschen stehen, das war ihr Wunsch. In jene Stadt, aus der sie kamen, wollte der Bahnwärter nimmermehr zurück. Er hatte eine ärmliche, böse Kindheit dort erleben müssen. Er war der älteste von vielen häßlichen Geschwistern. Die Leute lachten über dieses Kuckucksei, und der Mann ließ an dem hübschen Buben ständig seinen Zorn aus, weil er nicht sein Vater war. In der Schule hatte sich der Bahnwärter noch dümmer angestellt als Ernestine. Die Lehrer, vor allem diejenigen, die gut aussahen, ärgerten sich, daß Schönheit und so viel Dummheit beisammen sein können. Keiner sparte mit Prügeln. Nur bei der Eisenbahn hatte er Glück mit seinem Aussehen.

Auch Ernestine brachte Lohn heim, und das Geld in der Schachtel wurde mehr und mehr. Der Bahnwärter wußte aber nichts von der Schachtel, auch nicht, wo Stine arbeitete. Es ging ihm recht gut, und er kümmerte sich um nichts. Aber allmählich gab es allzu oft Kartoffelsuppe, fehlte am Abend die Wurst, stand nur eine Schüssel Weizenbrei auf dem Tisch. Da machte er traurige Augen, und aus denen der Bahnwärterin rannen sogar manchmal Tränen. Niemand mehr wollte nämlich Stine zum Putzen, so war sie in die Stadt gegangen, um als Bedienung zu arbeiten. Nur noch ein- oder zweimal im Monat kam sie heim. Eine Flasche Wein bekam der Bahnwärter zwar, doch als die Bahnwärterin hitzig forderte: »Gib das Geld her«, schrie Ernestine: »Meinst du, ich könne in der Stadt in den alten Lumpen gehen!« Stine war recht hoffärtig hergerichtet, mit rotem Hut und Stöckelschuhen angetan, und in die Schachtel kam von ihr kein Pfennig mehr.

Die Bahnwärterin sann nach, sie war nicht dumm. »Das Bauen ist teuer«, dachte sie. Vom Wald holte sie dicke Prügel, fand da ein Stück Draht, dort einen rostigen Maschenzaun. Aus einer einsamen Feldhütte brach sie Bretter. Dann mußte der Mann ihr helfen, auf dem kleinen Grundstück einen Bretterverschlag mit einem Zaun darum zu errichten. Er arbeitete nicht gerne, es kam ihm dann vor, als sei er der Bahn, seiner Geliebten, untreu. Als das Gelumpe fertig war, tat er nichts mehr, sagte nur: »Willst Ziegen hertun.« Sie brachte aber in einer Morgenfrühe einen jungen, kräftigen Hund daher. Er war sehr böse, weil man ihn von seiner Heimat getrennt hatte. Er biß zu, doch daraufhin bekam er grausame Schläge und wurde in den Verschlag gesperrt. Dort wurde er immer böser, nicht einmal der Bahnwärter traute sich mehr in seine Nähe. Wenn die Bahnwärterin nun so übers Land ging, schaute sie, wo man baute. Was sie dann in der Nacht oder in unbeobachteten Momenten mitnahm, paßte nicht mehr in den Bauchbeutel unter der Schürze. Sie stahl einen Kornsack, den sie zu einer Tasche zusammenschnitt, und befestigte einen Henkel daran – ziemlich lang, um ihn um den Hals zu hängen. Darin hatten Dachplatten und Ziegelsteine Platz. Auch sonst fand sie so manches, was säumige Handwerker liegen ließen. Ihre Beute stapelte sie in der kleinen Hütte, und der böse Hund bewachte es.

An einem schönen Maimorgen kam Ernestine. Sie trug einen federgeschmückten Hut und brachte einen jungen Mann mit. Er sah aus wie ein blonder Zigeuner. »Aha, hast einen Galan«, sagte die Bahnwärterin. Der Bahnwärter schaute ihn nicht einmal an und ging seine Strecke. »Also bauen wollt ihr«, sagte der junge Mann. Stine zog einen kleinen Geldschein aus dem Täschchen, und ihre Mutter holte die Schachtel. »Ihr seid ja verrückt! So viel Geld in einer Schuhschachtel! Das Haus könnte ja abbrennen! Und es gibt ja auch Diebe!« Ob sie denn hier im Wald nicht wüßten, wie schlecht die Welt ist? Der junge Mann ereiferte sich immer mehr. Es gebe in der Stadt doch Banken, Geldinstitute, wo sich das Geld von selbst vermehre. Er zählte sogar die Ersparnisse der Bahnwärterin und rechnete die Zinsen aus. Allmählich leuchtete es ihr ein. An Stines nächstem freien Tag ging sie mit dem Geld in die Stadt. Die Bankherren sagten dann etwa dasselbe wie der Galan, und das gefiel der Bahnwärterin. »Da haben sie aber feste gespart. Bringen Sie nur jeden Monat Ihre Spargroschen hierher, Geld gehört auf die Bank.« »Die Mutter mag nicht gern in die Stadt fahren«, sagte Stine. Das glaubten die Herren gerne, als sie die Waldhexe anschauten. So unterschrieb sie eine Vollmacht für Stine, und das Sparbüchlein verwahrte sie in der Schachtel. Als Stine wieder einmal Geld mitnehmen sollte, sagte sie: »Die Herren wollen es nicht mehr nehmen, wenn ich das Büchlein nicht dabeihabe, sie müssen es doch aufschreiben.« Der Galan steckte das Sparbuch vorsichtig in seine Brusttasche.

Im September kam, unerwartet und zum ersten Mal, von Stine eine Karte. Obwohl auf der Vorderseite groß »Stuttgart« in gedruckten Lettern stand, schrieb Stine: »Stutgard ist eine große Statt, da kann ich mehr verdienen. An Weihnachten kommen wir.« Bis dahin kann ich noch einiges sparen, dachte die Bahnwärterin, und der Zins kommt auch dazu. Der Bahnwärter wollte die Karte nicht sehen.

Es war ein kalter, böser Herbst, es stürmte und regnete ohne Ende. Im November führte der Bach Hochwasser und schwoll zum Fluß an. An einem besonders tristen Tag standen dem Bahnwärter nach der wässrigen Kartoffelsuppe

Tränen in seinen schönen Augen. »Ich gehe einkaufen«, sagte die Bahnwärterin, als sie ihren traurigen Mann sah, und holte die Schachtel. »Hei, hast so viel Geld! Dann kauf nur eine gute Wurst.« Zuerst ging die Bahnwärterin zum Metzger. Sie wollte Bauchspeck, doch er war zu fett. Dann müsse sie nachsehen, sagte die Metzgersfrau. Sie kam zwar sofort wieder, aber im Bauchbeutel ruhte schon die gute Wurst, die der Bahnwärter sich wünschte. Der Speck war jetzt richtig. Im Lebensmittelladen kaufte die Bahnwärterin manierlich für ein paar Mark ein. Danach trieb sie sich draußen in der Nähe des Ladens herum. Obwohl es in Strömen goß und kalt war, stand sie unter und hinter den Bäumen. Sie mußte lange warten, bis bei diesem Hundewetter jemand einkaufen kam. Es war ein Kind, und als es gerade das Geschäft verließ, schlüpfte die Bahnwärterin während des Ladengebimmels hinein. Die Ladenfrau war wieder zu ihrer Näharbeit gegangen. Mit blitzschnellen Bewegungen schnappte die Bahnwärterin eine Flasche Kirschwasser, eine Tafel Schokolade und Zündhölzer. Sie hätte noch mehr nehmen können, doch sie wußte, daß man das Glück nicht überfordern darf. Jetzt öffnete sie die Ladentüre und schloß sie wieder. Sofort erschien die Besitzerin. »Nun habe ich dummerweise die Graupen vergessen. Mein Mann ißt doch für sein Leben gern gerollte Gerstensuppe«, sagte sie, triefnaß und scheinbar außer Atem. »Bei dem Wetter extra zurückgekommen«, sagte die Ladenfrau und ließ die Bahnwärterin nur ein Päckchen von den beiden bezahlen. Sie war eine brave Frau.

Als die Bahnwärterin heimkam, dunkelte es bereits. Das Feuer im Ofen war ausgegangen. Der Bahnwärter machte nie Feuer; er saß lieber im Mantel in der kalten Küche. »Da, wärm dich damit, bis ich Feuer und eine Suppe habe.« »Oh, so guten Schnaps hast gekauft.« Auch die Gerstensuppe mit der Wurst schmeckte ihm gut. Der Bahnwärter lachte seine Frau an, es gefiel ihr ungemein, als sie seine schönen Zähne sah. Danach nickte sie ein. »Warum bist müd, bloß von dem bißchen Einkaufen?« Die Frau knöpfte ihr Kleid auf, um ins Bett zu gehen. »Ja, geh nur, ich wart allein auf den Schnellzug.« Er war auch gerne allein mit der Schnapsflasche. Gerade als die Bahnwärterin aus der Küche ging, läutete das Telefon. »Ja, hatten die denn eines? Wir haben heute noch keins«, sagte Großmutters größere Enkeltochter. »Es war ein ganz einfaches, wer anrief, mußte kurbeln, und es lief nur der Bahn entlang«, erwiderte Großmutter. Dem Bahnwärter wurde gesagt, er müsse im Waldstück die Strecke kontrollieren, bevor der Schnellzug fahre. Bei Aulendorf sei ein Ast auf die Gleise gefallen. Er nahm einen kräftigen Schluck aus der Flasche, ergriff die Laterne und ging. Die Frau schlief sofort ein.

Auf dem Bahnweg ließ der Bahnwärter gerne den Zug an sich vorbeirasen, je näher, desto lieber. Auf den Brücken mied er die Begegnung, dort wurde es eng. Aber nun hatte er sich verrechnet oder überhaupt nicht darauf geachtet. Vielleicht war es auch das nah unter den Sohlen rauschende Wasser. Oder der Schnaps?

Die Bahnwärterin erwachte am Telefongeklingel. Warum die Schranke nicht geöffnet sei? Ja, warum nicht? Jetzt bemerkte sie, daß der Mann nicht da war. Nur langsam begriff sie, daß er am Abend schon weggegangen war. Die Beamten auf der Station begriffen schneller. Der Lokomotivführer hatte den Mann auf der Brücke gesehen. Man fand ihn dann in dem Gestänge, das im Wasser lag. Der Bahnwärter mußte sofort tot gewesen sein, und auch jetzt war er noch schön. Der Hund heulte, denn die Bahnwärterin hatte ihn nicht gefüttert. Sie öffnete das Gatter, und er raste in den Wald. Dort wilderte er eine Weile und riß auch ein Reh, bis ihn der Förster erschoß.

Männer von der Bahn kümmerten sich um die Witwe. Sie zeigte ihnen die Karte von der Stine. Obwohl kein Straßenname darauf stand, sagten die Männer, man werde ihre Adresse schon herausbekommen und der Tochter den Tod des Vaters melden.

Am andern Tag rief man die Bahnwärterin in die Stadt, auf die Bahnmeisterei. Drei Herren hatten sich lange überlegt, wie sie die Witwe trösten und ihr die unangenehmen Nachrichten beibringen sollten. Sie hatten für sie einiges Unerfreuliche parat, doch wollten sie mit der Hauptsache warten, bis der Mann beerdigt war und, wie sie meinten, die Frau sich beruhigt hätte. Als aber das Weib vor ihnen stand – denn sitzen wollte sie nicht – faßte sich der Herr, der die schöne Trostrede vorbereitet hatte, kurz. Der Bahnwärter habe sein Leben in Ausübung des Dienstes, wenn auch durch eigene Schuld, verloren. Trotzdem rechne man ihm seine Verdienste hoch an, deshalb werde die Bahn bei der Beerdigung einen Kranz niederlegen. Außerdem bekomme sie das doppelte Sterbegeld. Der Mann nahm einen Geldschein vom Tisch, und die Bahnwärterin riß ihn mit der ihr eigenen Raffbewegung an sich. Der zweite Herr, der ihr schonend eröffnen wollte, daß die Tochter an der Beerdigung nicht teilnehmen könne, deutete die Bewegung richtig. Darum sagte er barsch, man habe Ernestine mit einem gewissen Josef Reinhard bei einem schweren Diebstahl ertappt und eingesperrt. »Das ist ihr Galan.« Das war der erste Satz, den die Bahnwärterin sprach. Da machte auch der dritte Herr keine Umstände. Was er ihr erst nach Tagen beibringen wollte, sagte er jetzt sofort: Da das Ehepaar noch zehn Jahre von der Pensionierung entfernt gewesen sei, müsse sich die Höhe der Rente danach richten. Und er nannte einen lächerlichen Betrag. Der Posten müsse sofort neu besetzt werden. Innerhalb von zwei Wochen müsse das Häuschen geräumt sein. Nun schaute sie etwas erschrocken. Darum sagte der erste Herr mit freundlicherem Unterton: »Wo werden sie denn hingehen?« »Nach Freiburg zur Schwester, da sind wir her.« Sie mußte die

Straße wegen der Rente angeben. Dann war sie entlassen. An der Tür blieb sie stehen und sagte: »Wir haben dort ein Grundstück.« Das interessierte nun die Herren. Die Bahn kaufe es ihr ab. Bevor sie das Haus verlasse, solle sie Vertrag und Betrag abholen.

Die ganze Zeit hatte die Bahnwärterin gedacht: Die Schwester wird schauen, wenn ich so viel Geld habe. Auf dem Weg zur Bank dachte sie, wenn Stine aus dem Gefängnis kommt, erhält sie die Hälfte davon. Sie wollte auf der Bank sofort alles Geld abheben. »Sparbüchlein? Hat die Tochter.« Die Bahnwärterin mußte lange warten, dann kamen die Bankangestellten zu zweit. »Das stimmt alles nicht«, sagte die Bahnwärterin, »es muß mehr als das Doppelte sein.« Sie zeigten ihr aber schwarz auf weiß, daß nie Geld dazu, sondern nur welches wegkam. »Vor drei Wochen hat ihre Tochter zuletzt Geld abgehoben. Ein junger Mann war bei ihr.« »Das war ihr Galan«, sagte sie und dachte: Nicht einmal heimgekommen ist sie.

Eine Woche nach der Beerdigung hatte die Bahnwärterin ihren Sack schon gestopft. Sie fand nicht viel, was sie in ihrer neuen Bleibe brauchen könnte. In der Nacht hatte es geschneit, es war neblig und kalt. Am Kleiderhaken hing der schöne, dunkelblaue Eisenbahnermantel. Den zog sie an. Er war viel zu lang, und da er auch drückte und spannte und sie ihn nicht zuknöpfen konnte, schleppte er nach wie ein Schwanz. Der graue Kornsackbeutel bammelte ihr vor dem Bauch; sie war es gewohnt, ihre Lasten vorne zu tragen. Wie eine dicke Elster sah sie aus, als sie so durch den Schnee zum Bahnhof stapfte. Verschwommen sah sie die Stadt ihrer Kindheit im Nebel mit der hohen Kirche in deren Mitte. Auch das enge Gäßchen mit dem armseligen Haus, das die Schwester bekommen hatte, tauchte vor ihr auf. Dann erkannte sie klar durch den Nebel den schönen Burschen, der sie einst mitgenommen hatte. »Hat sie vor sich hingeweint?«

fragte ein Enkel die Großmutter. Sie sagte aber nur, man habe nie mehr etwas von ihr gehört, auch nicht von Stine.

Der neue Bahnwärter war einer, wie es sich gehörte: seine Frau war schöner als er. Als er zum ersten Mal in die Wirtschaft kam, fragte Pauline, die nun schon groß und neugierig war, wer er denn sei. »Der neue Bahnwärter«, antwortete er. »Ihr habt ja keine Uniform an«, stellte sie fest. Da lachte er und sagte, wenn seine Frau den Dienst mache, ziehe er lieber einen anderen Schopen an. Die Bahnwärterin ging mit ihren Kindern auch in den Wald, um Pilze und Beeren zu sammeln. Auch Ährenlesen und Ackersalat suchen durften sie auf den Feldern der Bauern. Die Hopfenbauern rissen sich um die Bahnwärterskinder. Sie arbeiteten fleißig, warfen kein Laub in den Korb, ihre gepflückten Hopfen hatten alle ihre Stiele, und sie lasen sauber auf. Die Bahnwärterin achtete genau darauf, daß sie nicht Hopfensau wurde.

Der Schnellzug sauste am Bahnwärterhäuschen vorbei, und der Lokomotivführer dachte: »Gottlob, jetzt steht hier kein Blödian mehr stramm.« Aus dem Wagen der ersten Klasse schaute ein Herr zum Fenster hinaus. Ihm gefiel es, wenn Häuser, waren sie auch noch so klein, gepflegt aussahen. »Das Fachwerk ist schön gestrichen«, sagte er laut. Im nächsten Wagen betrachtete ein Mann während der ganzen Fahrt die Landschaft. »Dieser Bahnwärter hat einen großen Garten«, bemerkte er zu seiner Frau. Im nächsten Abteil saß ein älteres Fräulein, das recht traurig war und nicht wußte, warum. Als es die vielen Sonnenblumen und die Malven beim Häuschen sah, wurde es ihr leichter. Ihr Gegenüber sagte: »Diese Farbe der Geranien, die die Bahnwärterin an den Fenstern hat, muß ich mir merken.« Eine junge Frau sah die Windeln von Bahnwärters Kleinstem flattern. Da freute sie sich unbändig auf ihren kleinen Sohn, den sie den ganzen Tag nicht gesehen hatte. Aus dem nächsten Zugfenster schaute eine Frau zur Wäsche: »Die Bahnwärtersfrau macht es genau wie ich – Handtücher zu Handtücher, nicht Männerunterhosen und Waschlappen – alles durcheinander.« Im andern Wagen seufzte eine Frau und sagte zu ihrem Mann: »Wenn ich so einen Trockenplatz hätte, wäre meine Wäsche genauso weiß.« Im letzten Abteil stand ein Stadtbub am Fenster: »Mama, Rehe, fünf oder sechs Rehe!« jubelte er, als er Bahnwärters Geißen sah.

Das vom Schnellzug hat die Großmutter nicht erzählt; das hat sich einfach so ergeben.

# Der Gockel

Als die Großmutter diese Geschichte erzählte, lächelte sie zuerst ein bißchen. Auf einem schönen, großen Anwesen, so begann sie, lebte einst ein Ehepaar mit seinen drei Kindern. Manche Leute wunderten sich damals, daß es überhaupt Kinder hatte. Sie waren nämlich dort sehr sittsam: Jesus Christus im Herrgottswinkel hängten sie ein hemdartiges Tuch um. Als der Älteste von seiner Gotte zur Erstkommunion ein Gesangbuch bekam, riß die Bäurin die erste Seite mit dem Gekreuzigten aus. So etwas Nacktes brauche der Bub nicht dauernd zu sehen, meinte sie. Die Kinder mußten jeden Tag vor Schulbeginn am frühen Morgen zur Kirche. Auch einer der Erwachsenen ging täglich zum Gotteshaus, obwohl sie eine ziemliche Strecke Wegs zurücklegen mußten. Eine ledige Frau, die Schwester des Bauern, lebte bei ihnen. Sie wußte am meisten zu erzählen, wenn sie aus der Kirche kam. »Von den Schmidts war nun die ganze Woche keiner beim Gottesdienst. Ich glaube, Müllers haben die Wäsche über Nacht draußen hängen lassen.« So hatten dann die beiden Frauen den ganzen Tag ausreichend Gesprächsstoff. Aber auch der Bauer hörte es nicht ungern, was die Leute alles falsch machten. Niemand war so recht, so ordentlich und so gottesfürchtig wie sie.

Die drei Kinder folgten einander im Jahresabstand – das Ehepaar muß einmal eine fleischliche Zeit durchgemacht haben. Der Tante glänzten ganz fromm die Augen, wenn sie zu jemandem sagte: »Jawohl, Josefsehen gibt es, ich weiß es bestimmt.« Josef war das älteste Kind, dann kam Emil und zuletzt die Agathe. Mit dem Josef waren sie nicht zufrieden. Wenn abends alle auf dem Stubenboden knieten – die Ellbogen auf einen Stuhlsitz gestützt, die Hände gefaltet – und den

Rosenkranz beteten, krallte er die Finger ineinander und drehte die Daumen. Bekam er vom Vater deswegen eine gehörige Ohrfeige, drehte er die Daumen nur in die andere Richtung. Oft quengelte er morgens, er möchte lieber nur in die Schule gehen, oder in der Vakanz, daß er ausschlafen möchte. Josef war oft müde und litt ständig unter Kopfweh. Er kam nicht gut an, wenn er solche Wünsche äußerte.

Als er wieder einmal zur Kirche geprügelt worden war, fiel er dort um. Er verdrehte die Augen, zuckte mit den Gliedern und hatte Schaum vor dem Mund. Das geschah etwa in seinem dreizehnten Lebensjahr. In der Schule passierte es ihm auch einmal. Wie oft die Anfälle daheim auftraten, wußte man nicht, aber es sprach sich herum, daß er das Fallende Weh habe. »Gott behüte uns davor«, fügte die Großmutter hinzu. Das Lernen bereitete ihm Spaß, er arbeitete auch gern, nur eben mit dem Beten haperte es.

Dort, wo sie lebten, war es sehr schön. Nur zwei Höfe lagen nah beieinander auf einer Anhöhe. Unten floß ein lustiger Bach, an dem Birken und Haselbüsche wuchsen. Saftige Wiesen erstreckten sich bis zum Waldrand, und der Wald übertraf wohl alles andere. Riesige Eichen, Buchen und Tannen spendeten im Sommer angenehme Kühle und gaben im Herbst ein prächtiges Farbenschauspiel. Dort, am Bach oder am Hang, gefiel es Josef am meisten. Besonders im Frühling konnte er davon nicht genug bekommen. Sobald er aus der Kirche kam und nichts arbeiten mußte, legte er sich unter einen Baum, beobachtete die Wolken und sah dem Spiel des Windes zu. Er hatte nie viel gesprochen. Jetzt, da er älter wurde, war er noch wortkarger. Die Leute bekamen auch immer mehr Scheu vor ihm wegen seiner Krankheit. Wer an ihr leidet, ist nämlich ein Gezeichneter. Als Josef siebzehn war, wiederholten sich die Anfälle in kurzen Abständen. Da ließen sie ihn in eine Anstalt sperren. Er bettelte und weinte und tobte: er wolle heim, er müsse an den Bach. Im Frühling wurde sein Heimweh noch schlimmer als das Falligweh, aber weder die Eltern noch die Ärzte in der Anstalt erbarmten sich seiner. Während eines besonders heftigen Anfalls erstickte er.

Daß das Unglück gerade sie, die frommen Leute, traf, konnten sie sich gut erklären. Die Tante legte es den Nachbarinnen auf dem Kirchweg auch deutlich aus: Gott bereite denen, die er liebe, den schmalen, dornigen, dafür aber sicheren Weg zur ewigen Seligkeit. Nicht wie die Faulen und Lasterhaften hätten sie die breite Straße zur Verdammnis zu gehen.

Sie trauerten Josef auch nicht besonders nach. Vielmehr jammerte die Bäurin darüber, daß man den Emil nicht habe »geistlich« werden lassen können. Das hätten sie von jeher im Sinn gehabt. Wenn Josef nur nicht krank geworden wäre! Nun müsse eben Emil Bauer sein. »Ja, am Emil ist ein Pfarrer verloren gegangen«, sagten alle Leute.

Wenn er betete, und das tat er gern und viel, faltete er die Hände und hielt sie andächtig vor sein Gesicht. Er hatte eine schöne, starke Stimme. Im Religionsunterricht durfte ausschließlich er vorlesen. Sobald er aus der Schule kam, erhielt er den Auftrag, bei den verschiedenen Anlässen vorzubeten. Bei Sterbefällen in den Kammern, am Karfreitag, beim Tag der Ewigen Anbetung in der Kirche und bei Prozessionen brauchte man einen Vorbeter. Emil las und litaneite ohne jeden Fehler, nie stotterte er, laut und deutlich trug er vor, viel schöner als der Pfarrer. Er war darum schon als junger Bursche sehr geachtet. Außerdem sah er gut aus, hatte einen großen, edlen Kopf.

Von den Frauen im Haus nahm er das »Stabbrechen« an. Er konnte es allmählich sogar viel besser als die Mutter und die Tante. Wenn sie über andere Leute herzogen, hörte sich das Geschimpfe bei Emil viel schlimmer an. Nie versäumte er, die Schuld der Sünder zu finden. Auch unterließ er es nie, festzustellen, daß bei ihnen so etwas nie vorkäme. Er war redegewandt, klug und neugierig.

Agathe weinte manchmal, wenn er etwa schlecht von ihrer Freundin sprach. Oder sie sagte: »Laß doch andere Leute in Ruh!« Wenn sie fragte: »Was geht das denn uns an?« warf er ihr böse Blicke zu. So still wie Josef war Agathe gerade nicht. Wenn aber Mutter und Tante über die Leute herfielen, machte sie nicht mit. Den Frühling und den Bach mochte sie genauso gern wie ihr verstorbener Bruder.

An einem Sonntag, Agathe war bald zwanzig, fiel sie in der Kirche um. Mädchen, denen es in der Kirche schlecht wurde, merkte sich Emil sofort. Nachher wußte er »es« ganz bestimmt. Er hätte von dieser auch nichts Besseres erwartet. Als Agathe heimkam, bleich und traurig, sagte er zu ihr nur: »Komm mit.« Sie mußte mit auf den Heuboden zum Verhör. »Warum bist umgefallen – hast auch das Fallende Weh?« Sie sagte nichts, schüttelte nur den Kopf. »Nicht, so, also nicht«, brummte er, und Agathe bemerkte am Tonfall, daß er das sehr bedauerte. »Wer war es?« brüllte er plötzlich. Nicht um die Welt wollte Agathe reden. Da wurde Emil brutal. Er schlug sie mit den Fäusten ins Gesicht und vor allem in den Unterleib. Nur damit sie den schrecklichen Schlägen entkam, sagte sie es. Ein Luftikus, der ab und zu bei ihnen taglöhnerte, verheiratet war und zu viel Most trank, sei es gewesen. Da trieb Emil Agathe die Leiter hinauf. Es war im Spätherbst – die Heustöcke sind da noch hoch. »Da, spring, dann geht es weg!« Agathe schreckte zurück. Der untere Stock war niedrig, höchstens einen Meter hoch lag das Heu. Drei, vier Meter ging es da hinunter. Als sie zögerte, gab er ihr einen Stoß. Fünfmal hintereinander mußte sie springen. »Jeden Tag machst du das nun … und trinke Essigwasser.« Agathe gehorchte ihm. Am andern Sonntag war sie blaß und müde, sie bewegte sich schleppend. Sie bat darum, nicht in die Kirche gehen zu müssen. »Nur wenn du krank bist«, sagte die

Mutter. Am anderen Sonntag schickte sie sie wieder zur Messe. Agathe fürchtete, daß sie den Grund bekennen müßte, und machte sich auf den Weg. Während der Predigt, bei der man sitzen konnte, ging es noch gut. Aber dann, beim Evangelium, bei dem alle stehen mußten, fing es an. Die Hände wurden ihr feucht, die Stirne naß. Sie preßte den Mund fest zu, um das Erbrochene zurückzuhalten. Alle, die neben und vor ihr standen, bewegten sich auf und ab. Vor den Augen wurde es schwarz. »Niemals darf ich hinsitzen, niemals umfallen«, dachte sie und klammerte sich an die Kirchenbank. Als man wieder knien durfte, ging es ihr etwas besser. Doch sie war totenbleich. Ihre Nachbarinnen schauten sie neugierig an, auch Emil hatte sie beobachtet. »Komm mit«, sagte er daheim. »Das Springen hat nicht geholfen«, meinte er beim Heustock. »Es will und will nicht weg«, schluchzte Agathe. »Und das Essigwasser?« »Das kann nicht helfen, jedesmal muß ich es wieder erbrechen.« »Dann mußt du zur Freiin!« brüllte er. »Nein!« Agathe schrie beinahe auf. »Die Bethe hat doch unter schlimmen Schmerzen sterben müssen. Die Freiin kann es nicht immer. Bei mir ist es ja schon der dritte Monat.« Da schlug ihr Emil die Faust in den Bauch. »Ich gehe weit fort, irgendwo in den Dienst, dann erfährt es niemand«, wimmerte Agathe. »Es kommt doch irgendwann heraus, und das gibt es nicht!« Emil hatte so laut gebrüllt, daß er selber befürchtete, jemand könnte es gehört haben. Dann zeigte er auf den hohen Stock und sagte: »Spring!«

Es war ein kalter Herbst, der Winter hielt bereits seinen Einzug. In der Nacht auf den Montag fror es sogar. Am Morgen fielen Schnee und Regen. Emil mußte Gülle fahren und ließ daher die Grube offen. Sieben, acht Bohlen, runde Balken, lagen neben dem gräulichen Loch. Mit der Schapfe, die mit einem langen Stiel versehen war, schöpfte er ins Güllenfaß. Der Vater stand auf dem Misthaufen und warf den

Mist vom Morgen auseinander. Agathe drehte den Kartoffelwascher, eine Trommel aus Eisenstäben, die halb im Wassertrog hing. Sie wusch Kartoffeln für die Schweine. Agathe drehte und drehte und weinte. Vorher hatte sie sich vom Essigwasser erbrochen, und nachher würde sie springen müssen. Emil hatte das Güllenfaß voll, er legte die Schapfe zur Seite. Neben dem Misthaufen breitete sich eine Lache aus Mistbrühe und Regenwasser aus. Der Gockel näherte sich der zugefrorenen Pfütze, kam ins Rutschen und stakelte weiter. Da brach das Eis ein. Der Gockel geriet in Panik. Er fiel um, fing an zu gackern und zu flattern, wurde naß und fluderte dem rettenden Misthaufen zu. Den verpaßte er aber in seiner Aufregung und taumelte ins offene Güllenloch. »Agethle komm, der Gockel!« Agathe hörte »Agethle«, und ein unbeschreibliches Glück durchfuhr sie: alles wird wieder gut werden! Und sie lief zur Grube.

Da unten schrie und flatterte der Gockel. Häßlich, verrückt sah er aus. »Schnell, schnell, die Schapfe!« rief Agathe. Sie stand nah am Rand, dicht bei den glitschigen Bengeln. Emil ging ein paar Schritte, um die Schapfe zu holen. Dabei trat er heftig gegen die Bohlen; sie kamen ins Rollen. Agathe tat einen Schrei.

Unten war nun alles still. Emil schrie auch, ebenso der Vater. Er hatte genau gesehen, wie Emil nach der Schapfe langte und daß Agathe ausgerutscht war. Manche Leute munkelten aber dennoch, sonst hätte ja auch die Großmutter nichts davon gewußt. Emil war jedoch so traurig und betete so laut und inbrünstig, daß niemand wagte, etwas zu denken oder gar laut zu sagen.

In den frühen Morgenstunden, um drei Uhr schon, hörte Emil Nachbars Gockel krähen. Dann konnte er nicht mehr schlafen. Einmal spazierte dieser Hahn um ihren Hof herum. Emil erschlug ihn mit einem kräftigen Prügel. Die Nachbarn waren brave Leute und meinten: »Wegen eines Gockels mußte das Agethle sterben. Kein Wunder, daß Emil keinen Gickeler mehr sehen kann.« Von nun an hatte man auf keinem der beiden Höfe mehr einen Hahn. Die Eier für die Bruthennen holten sie bei anderen Leuten.

Die Großmutter wollte hier ihre Erzählung abbrechen, doch die Kinder bedrängten sie mit Fragen, wie es weiterging. »Ja nun«, sagte sie, »der Emil mußte sich eine Frau suchen.« Seine Tante starb, und seine Mutter bekam einen bösen Gesichtskrebs. Auch der Bauer erkrankte im Alter. Gott, dem sie so fanatisch dienten, war und blieb hart mit ihnen.

Obwohl Emil ein angesehener Mann war, tat er sich doch schwer mit der Brautschau. Über fast alle Mädchen der Pfarrei hatte er schon den Stab gebrochen. Und wegen der erbärmlich aussehenden Mutter auf dem Hof riß sich kein Mädchen mehr um ihn. So mußte er den Kuppler in eine weiter entfernte Gegend schicken. Schließlich fand dieser dann eine Frau für Emil, die etliche Jahre älter war als er. Sie heiratete ihn wohl aus Angst vor dem Ledigbleiben. Fanny – so hieß sie – brachte ziemlich viel Geld in die Ehe ein, pflegte die kranken Leute und zog neben aller Arbeit zwei Kinder auf. Das erste Kind, die Maria, war für Emil eine harte Nuß. Etwa mit vier Jahren sagte sie beim Mittagessen, als dem Alten die Suppe im Bart hängenblieb und die Alte den Mund für den Löffel schiefmachen mußte: »Der Großvater und die Großmutter sollen endlich sterben. Ich mag sie nicht mehr sehen.« Fanny lachte kurz auf, denn sie dachte stündlich daran. Da schlug Emil auf den Tisch, daß alle Teller schepperten: »Statt deinem Gofen das vierte Gebot zu lehren!« schrie er seine Frau an, und sie schämte sich.

Bald danach mußte Fanny die Kleine mit in die Kirche nehmen, damit sie sich daran gewöhne. Dabei ging es Fanny aber schlecht. Keine Sekunde blieb das Kind ruhig sitzen. Hin und her drehte es den Kopf, es kletterte auf die Bank und unter die Bank. Schließlich biß es die Nachbarin unter der

Kirchenbank ins Bein. Fanny mußte vorzeitig mit ihr die Kirche verlassen. »Die nehme ich bestimmt nicht mehr mit«, sagte sie daheim. »Der werde ich das Verhalten im Gotteshaus schon beibringen«, sagte Emil und schlug das Mädchen gehörig. Aber als es in die Schule kam, also täglich zur Kirche mußte, hatte er auch damit keinen Erfolg. Jeden Sonntag sagten die Leute daheim: »Dem Emil seine Maria hat wieder wüst getan in der Kirche«, und alle lachten dazu. Emil war nämlich während des Gottesdienstes nicht nur der Vorbeter, sondern auch der Aufpasser. Wenn Kinder miteinander tuschelten oder das Gebetbuch fallen ließen, wenn Mädchen sich gegenseitig an den Zöpfen zogen – dann ging er vor zu den Kinderbänken, um sie an den Ohren zu ziehen und in den Rücken zu stoßen. Manchmal zerrte er die Missetäter aus der Kirche, um sie auf dem Friedhof zu verdreschen. Ganz schlimme Unruhestifter jagte er gar heim, was ihnen lange Zeit als Schande anhing. Alle Kinder haßten Emil. Die Eltern der Gemaßregelten ärgerten sich, doch niemand getraute sich, gegen den frommen Mann aufzumucken. Um so größer war daher die Freude über das Benehmen seiner Tochter. Einmal schlüpfte Maria in eine vordere Bank, um mit einer Freundin Bildchen zu tauschen, da ging er vor und schlug zornig auf sie ein.

Als Maria in den oberen Schulklassen war, wurde sie in der Kirche ruhig, um so aufsässiger aber daheim. Es brach ein richtiger Krieg aus. Nicht ein Tag verging ohne bösen Streit mit dem Vater. Mit der Mutter bildete sie zwar einen Komplott gegen ihn, Fanny weinte aber eher bei der Zankerei, als daß sie Maria helfen konnte. Sie war sechzehn Jahre alt, schön, hatte den großen, wohlgeformten Kopf und die blonden Haare von Emil. Auch die feste und klare Stimme hatte sie von ihm geerbt. »Gott ist für alle Menschen da!« schrie sie den Vater an, »nicht nur für die Kirchenspringer und Scheinheiligen. Er ist auch für die Sünder da, vielleicht sogar für die Mörder.« Da wurde Emil bleich, und bald danach jagte er sie aus dem Haus.

Zum Glück hatte Fanny Verwandte in Stuttgart. Maria ging zu ihnen und suchte dort nach Arbeit. Da sie vom Vater auch die Gewandtheit geerbt hatte, bekam sie gute Anstellungen und verdiente einiges Geld.

Jedes Jahr kam sie der Mutter zuliebe an Weihnachten heim – das war für Fanny das einzige Fest im Lauf des Jahres . Mit ihrem Vater vermied Maria nun jeden Streit, sie sprachen aber auch nicht miteinander. Kaum zwanzig, heiratete Maria einen Musiker, einen gutaussehenden Mann. Sie schickte ein Hochzeitsbild heim, das Fanny stündlich einmal anschaute. Dann mußte Maria mitten im Jahr heimfahren, und zwar zur Beerdigung ihres Bruders. Er war bei der Heuernte tödlich verunglückt. Als ein Gewitter drohte, wollte Emil zwei Heuwagen zusammenhängen. Beim Donnerschlag erschraken die Pferde. Sie sprangen nach vorn, und Josef wurde zwischen den beiden Wagen erdrückt. Er war ein Stiller gewesen, wie sein Onkel Josef. Seinen Namen verdankte er wohl nicht ihm; für Emil war nichts andres möglich, als seine Kinder Maria und Josef zu heißen.

Das war nun zu viel für Fanny. Sie bekam ein Schlägle nach dem andern, diese lähmten sie und machten sie bettlägerig. Emil fand aber bald eine Haushälterin. Schon damals, bei der Brautschau, hatte er an sie gedacht, denn sie war rechtschaffen und fromm. Nach der Blamage mit Maria übernahm Berta, so war ihr Name, das Amt der Aufpasserin in der Kirche. Sie klopfte mit ihrem harten Zeigefingerknöchel an die Kinderstirnen. Trotzdem kam sie einst für Emil nicht in Frage, denn sie war ärmer als eine Kirchenmaus. Am Abend massierte Berta Emils rheumatische Beine. Er grunzte und stöhnte: »Oh, das tut gut!« »Du kannst ruhig oberhalb der Knie massieren«, sagte er bald, »in den Oberschenkeln sitzt der Hauptschmerz.« »Es wird immer besser«, meinte er, und zog die Unterhosen ganz aus zum Massieren. »Mit der Fanny kann es nicht mehr lange gehen«, sagte Berta. »Ich wäre noch ein guter Hochzeiter«, erwiderte Emil. Obwohl er die Besserung mit dem Hemd bedeckte, hatte sie Berta wohl gesehen. »Das ist meine letzte Weihnacht. Wenn nur Maria wieder einmal käme«, jammerte Fanny.

Maria kam, und zwar mit ihren beiden halberwachsenen Kindern. »Ich habe mich scheiden lassen. Der Mann hat eine gefunden, die ihn besser versteht mit seiner Musik«, sagte sie sofort. »Das Mädchen bleibt hier bei mir, und Wolfgang geht nach den Ferien zu seinem Vater. Die Stiefmutter wird gut zu ihm sein, und er kann Musik studieren.« Fanny fing an zu weinen. Berta schrie schrill: »Geschieden, geschieden!« Emil brüllte: »Hinaus!« Doch Maria setzte sich zur Mutter, streichelte sie und sagte immer wieder, daß sie nun ganz dableibe.

Am andern Tag war Heiligabend. Wolfgang spielte auf der Geige, das Mädchen sang schön dazu. Fanny brach wieder in Tränen aus. »Warum heißt sie Agathe?« fragte Emil plötzlich. »Meine Tante hat doch so geheißen.« »Sie brachte uns nur Unglück.« Aber Maria sagte: »Nein, sie selber hatte Unglück.« Darauf war Emil wieder still. Es wurde ein friedliches Weihnachten.

Danach durfte Berta Emils Beine nur noch bis zu den Knien massieren. Fanny erlebte noch einige Weihnachten. Von Jahr zu Jahr kam aus Stuttgart Nachricht von den Preisen, die Wolfgang bei Musikwettbewerben gewann. Selbst Emil freute sich darüber.

Das Beste war aber die junge Agathe. Ihr gefiel der Hof und die Umgebung. »Warum haben wir denn keinen Gockelhahn? Eine Hühnerschar ohne Hahn sieht ja jämmerlich aus.« »Wegen eines Hahns mußte deine Großtante sterben. Darum wollte der Großvater nie mehr einen«, sagte Maria. »Das ist doch schon lange her.« Und Agathe behielt gleich im ersten Sommer einen aus der Kükenschar. Auch die Nachbarn hielten dann wieder einen Gockel. Wenn Emil in der Frühe die Hähne krähen hörte, dachte er an seine Schwester Agathe und betete aufrichtig, bat um Verzeihung für seine arme Seele. Er sei ein frommer Mann geworden, sagte die Großmutter. Er wurde steinalt und erlebte noch eine weitere Generation. Der Familienname wechselte aber dort immer wieder. Es wurden auf dem Hof nur noch Mädchen geboren. Das älteste hieß jeweils Agathe.

# Zwei Mütter

Als die Leichsagerin kam und sagte: »Gregors Mutter ist gestorben, um sieben Uhr wird gebetet, am Donnerstag um 10 Uhr ist die Leich, der Gregor läßt bitten...«, da sagten die Leute zueinander, seine Mutter sei doch schon vor sechs Wochen gestorben.

Es kamen viele Menschen zur Beerdigung. Sie kamen Gregor zuliebe, denn er war ein beliebter, geachteter Mann. Zudem wollten sie wissen, welche der Mütter nun gestorben sei. Neben dem offenen Grab lagen verwelkte Kränze und frische. Zwei braune Holzkreuze staken nebeneinander in der Erde. Das eine war schon etwas verwittert. Der weiße Schleier hing in Fetzen, denn der Herbststurm hatte in den letzten Wochen bös um die Kirchenecke getobt. Der weiße Schleier – beide Mütter waren eigentlich Jungfrauen – am neuen, fein glänzenden Kreuzchen war noch gut erhalten. Auf beiden Kreuzen stand »Agnes«, doch die Familiennamen waren verschieden. So wußten die Leute, daß man heute Gregors andere Mutter begrub.

Der Pfarrer wollte Gregor nicht zu nahe treten. Er war nämlich eher sein Freund als sein Pfarrkind. So sprach er kaum über die Person der Verstorbenen, sondern darüber, wie schön es sei, wenn zwei Menschen ein ganzes Leben lang Freundschaft halten können. Freundesliebe sei edler als Geschwister- oder Gattenliebe, und die beiden Frauen seien ein leuchtendes Beispiel dafür gewesen. Nun seien sie auch im Tod vereint.

Gregor, der gestandene Mann, weinte. Aber niemand verargte es ihm oder sah es gar als lächerlich an. Bei der Beerdigung vor sechs Wochen weinte er genauso, als man seine Mutter, deren Nachnamen er führte, zu Grabe trug.

Man hätte es ihm eher übelgenommen, wenn er jetzt nicht geweint hätte. Seine Frau neben ihm weinte nicht nur, sie schluchzte sogar laut. Manche Leute dachten: »So arg hat sie es bei der ersten nicht getan.« Die junge Frau war hochschwanger. Sie hätte diese Großmutter notwendig gebraucht! »In allem hatte ich mit den Müttern eine Hilfe«, dachte sie, und weinte noch lauter, als sie sich daran erinnerte, wie sie als Mädchen bangte, ob der Gregor, den sie über alles liebte, sie auch nehme. Diese Mutter hatte ihm zur Hochzeit mit ihr geraten. Wie schön war es doch damals: sie und Gregor zwischen den Müttern, die vor Glück in ihren seidenen Kleidern strahlten. Und wie hatten sie sich beide Male gefreut, als sie hörten, daß ein Kind kommt! Ihr Blick fiel nun auf den fünfjährigen Sohn, der sich an ihren Bauch lehnte. Er weinte nicht, sondern schaute neugierig umher. Länger als einen Augenblick kann so ein kleiner Kerl nicht traurig sein. Als diese Großmutter ihm vor drei Tagen keine Antwort mehr gab, weinte er laut. Sie blieb ihm nämlich sonst nie eine Antwort schuldig. Aber dann kamen Leute mit Blumen, und es gab etwas zu sehen.

Gregor legte seinem Sohn die Hand auf den Kopf. Der Kleine hatte ihn zu neugierig hin und her gedreht. »Stubengroßmutter«, dachte Gregor. Er wußte, daß der Bub sie ein bißchen mehr gemocht hatte als die Stallgroßmutter. Er, Gregor, hatte den beiden nie verschiedene Namen gegeben. Freilich war es manchmal vorgekommen, daß er die eine der andern vorzog. In jenem Alter, in dem sein Sohn nun war und er seine Welt erobern wollte, war er mehr der Mutter nachgelaufen, die ausschließlich in Stall und Feld wirtschaftete. Als er aber zur Schule mußte, hielt er sich wieder mehr an die andere, die ihn rechtzeitig weckte, ihm das Vesperbrot mitgab und ihm bei den Hausaufgaben half. Wenn sie gar sagte, er sei ein bißchen krank und müsse nicht in die Schule, mochte er sie bedeutend lieber als die andere Mutter. Zu jener

Zeit, als er seinen Bauernberuf zu lernen anfing, hielt er sich wieder mehr an die eine, denn sie war eine tüchtige Bäurin, die vorbildlich mit den Dienstboten umgehen konnte. Vor sechs Jahren – es ging um Brautschau und Hochzeit – war er wieder mit der andern vertrauter. Über diesen Gedanken waren Gregors Tränen versiegt. Seine Frau schluchzte aber noch, da strich er ihr tröstend über den Unterarm. Viele Frauen, die dies sahen, waren neidisch und dachten: »Das täte meiner nie, der Klotz. Der Gregor ist schon ein besonders netter Mann.« Wie hätte er nicht so werden sollen, wo er zwei Mütter hatte! Schon als ganz kleines Kind hatte er eine für den Schoppen und eine fürs Zappeln, später eine für das Spiel auf dem Hof und eine fürs Märchenerzählen. Ihm fehlte nie eine Mutter.

Ein Kleiner sagte da unwillig: »Großmutter, fang doch von vorne an!« Ja, das werde sie wohl tun müssen, meinte sie.

»Moosles« hieß man die Leute auf dem Hof. Diesen Hausnamen führten sie schon seit undenkbarer Zeit. Ihr Haus und Stadel stand abseits vom Dorf, er steht immer noch da, am östlichen Fuß des großen Buckels. Im Sommer schien die Sonne bis abends an die Hauswände, zu den anderen Jahreszeiten war sie aber schon in den Nachmittagsstunden hinter dem Berg verschwunden. Die Frauen dort führten einen ständigen Krieg mit dem Moos, das zwischen den Treppensteinen und im Gemüsegarten wucherte.

Der Moosbauer, von dem die Großmutter nun erzählte, hatte eine Liebhaberei. Das war gut für ihn, denn seine Frau starb jung an einer Lungenentzündung, als das zweite Kind, die Agnes, erst vier Jahre alt war. Agnes wuchs zwischen den Mägden auf und ihr Bruder bei den Knechten.

Der Vater redete von nichts anderem als von »früher«. Zu dem alten Schloß in der Nähe nahm der Moosbauer seine Kinder immer wieder mit. Er zeigte ihnen Einschüsse in den Mauern, und er erschauerte jedesmal dabei. »Das waren die

Schweden im Dreißigjährigen Krieg. Es waren damals die Herren von Altheim hier Besitzer.« Den Sohn langweilten die Geschichten maßlos – er fing an, eine Eidechse zu jagen. Der Vater schlug ihn hinter die Ohren und brüllte: »Hier wurden die Pestkranken der ganzen Gegend gepflegt.« Jeden Rain, jede Erhebung auf seinem Feld sah er als Zeuge der Vorzeit an. Dabei waren seine Kenntnisse ungenügend, er brachte alles durcheinander. Er verwechselte die Heidengräber mit dem Limes, vermischte die Bauernkriege mit den Franzoseneinfällen, und die Habsburger waren dieselben wie die Montforter. Mit besonderer Vorliebe erzählte er von alten Bräuchen. Doch auch damit nahm er es nicht so genau; ob christlich oder heidnisch, Hauptsache alle Hausbewohner waren beim Blasiussegen oder tanzten um den Funken auf dem Berg. Am allerwichtigsten war ihm aber das eigene Geschlecht. Wenn er die Jahrhunderte zählte, die es schon auf dem Mooshof saß, schwärmte er mit nassen Augen. Und das Geschlecht ging weiter – er hatte einen Sohn! Der war allerdings ein rechter Lausbub, von den Knechten lernte er allerlei Unfug.

An einem Sonntag nach der Kirche saß der Moosbauer mit anderen Bauern am Wirtshaustisch. Sie redeten von der reichen Kirschenernte in diesem Jahr. Der Moosbauer sagte: »Soweit man sich zurückerinnern kann – so viele Chrise hat es noch nie gegeben.« »Was sagt ihr da, zu Kirschen Chrise, dann sind die Römer einst hier gewesen.« Der neue Lehrer hatte sich zu ihnen gesetzt. Von nun an konnte der Moosbauer mit seinem neuen Partner stundenlang Gespräche über alte Zeiten führen. Der Lehrer wußte darüber besser Bescheid. An dem Ort, wo er vorher unterrichtet hatte, war tatsächlich ein Stück eines Heidengrabens zu sehen. Aber auch in dieser Gegend fand er genug Spuren der Vergangenheit. Der Moosbauer unterstützte ihn bei der Suche, und so schlossen beide Männer Freundschaft. Über den Sohn des

Bauern beklagte sich der Lehrer; er habe kein Interesse für alte Zeiten. Lesen und Rechnen brachte der Lehrer den Kindern nur notdürftig bei, über Kriegsläufe und alte Geschlechter hätten sie dagegen viel wissen können, wenn sie nur gewollt hätten. Und am wenigsten interessierte es den Moosbauernbuben. Er schnipste meist kleine Steine durchs Schulzimmer. Trotzdem kam der Lehrer bald auf den Hof, manchmal arbeitete er sogar mit. Dann hatte er seine kleine Tochter dabei. Der Bauer und der Lehrer hatten auch da Gemeinsamkeiten: beide waren sie Witwer. Die Lehrersfrau starb allerdings schon im Kindbett. Er hatte sie so sehr geliebt, daß er sich nicht vorstellen konnte, wieder zu heiraten. Er zog also mit der kleinen Agnes, einer Haushälterin, einem Klavier und geschmackvollen Möbeln ins Schulhaus ein. Seine Frau stammte aus gutem Hause, sie war zart und schön gewesen und hatte gut Klavierspielen können. Agnes sah ihr nicht ähnlich. Der Lehrer stammte vom Land; von einem bäuerlichen Vorfahren mußte das robuste Kind die Grobknochigkeit geerbt haben. Ihr war keine angenehme Kinderzeit beschieden. Die Haushälterin, die sich vornahm, Lehrersfrau zu werden, geriet leicht in Zorn. Den einen Morgen schlug sie Agnes, am nächsten Tag verwöhnte sie das Kind. Meist saß es, lange bevor es in die Schule kam, beim Vater im Schulzimmer. Und nun durfte es oft, fast jeden Nachmittag, mit zum Mooshof. Da endlich gefiel es Agnes. Als die beiden Agnesen im vierten Schuljahr waren – beide waren im selben Jahr geboren – verließ die Haushälterin das Schulhaus. Sie hatte nun resigniert, denn je öfter ihr Dienstherr sich auf dem Mooshof aufhielt, desto weniger Grund hatte sie zu hoffen.

Weil niemand mehr bei ihnen kochte, ging Agnes gleich nach der Schule mit ihrer Freundin heim. Es dauerte dann nicht lange, und die Magd stellte ein zweites Bett in die Kammer der Mooshoftochter. Allein zur Klavierstunde und am Sonntagmorgen lief Agnes zum Schulhaus, um mit dem Vater Hand in Hand zur Kirche zu gehen.

Als die beiden Mädchen kurz vor ihrem Schulabschluß standen, sprach der Lehrer immer wieder davon: Seine Agnes müsse für ein paar Jahre in ein Internat, um Bildung zu erwerben. Dann weinten die beiden ob dieser Aussicht. Es kam schließlich so weit, daß sie sich nicht mehr vorstellen konnten, ohne einander zu leben. »Wie schlimm wird es dir dann mit dem Bub ergehen«, jammerte Lehrers Agnes. »Ja, allein werde ich nicht über ihn Herr«, gab Agnes zu. Der Bösewicht hatte nämlich das größte Vergnügen daran, die beiden Mädchen zu ärgern.

Doch die Sorge der Agnesen war umsonst. Der Lehrer wurde plötzlich krank und starb rasch. Der Moosbauer übernahm nun die Vormundschaft über Agnes und verwaltete ihre kleine Waisenrente. Das Klavier kam in die Stube, die geschmackvollen Möbel wurden auf die Kammern verteilt. Lehrers Agnes bekam den schönsten Raum, die Oberstube. Von nun an strahlte der Mooshof etwas Vornehmes aus. Lehrers Agnes hielt sich mehr im Haus auf und befahl bald den Mägden. Der Moosbauer hatte an seiner Tochter viel mehr Hilfe als am Sohn.

Mit ihm lag er nur im Streit. »Deine alte Zeit hängt mir zum Hals heraus. Ich lebe in der neuen Zeit!« schrie der Sohn. Mit achtzehn Jahren trotzte er dem Vater einige tausend Mark ab; er wolle nach Amerika, in die Neue Welt. Von dort schrieb er dann nicht, wenn es ihm schlecht ging. Nur wenn er zurechtkam, ließ er von sich hören, und so meinten sie, es gehe ihm immer gut. Im letzten Brief, den der Moosbauer zu lesen bekam, hieß es, der Vater und die Mädchen sollen noch ein paar Jährchen mit ihm Geduld haben. Nicht ein einziges Mal dachte der Moosbauer daran, daß der Sohn das Geschlecht auf dem Hof etwa nicht fortpflanzen könnte.

Nach diesem Brief schrieb der Bauer bald sein Testament.

Er wußte, daß er nicht alt werden würde, er litt an einer ähnlichen Krankheit wie sein Freund, der Lehrer. Da ihm bekannt war, daß man von einer Waisenrente schlecht leben konnte, vermachte er seiner Tochter eine große Summe Geld und stattete sie außerdem mit einer hohen Pfründe aus. Damit wollte er seinen Sohn für dessen Ungehorsam strafen.

Die beiden Mädchen waren natürlich froh, als sie nach dem Tod des Bauern das Testament lasen. »Von dem vielen Geld bauen wir uns ein Häuschen«, sagte des Moosbauern Agnes. »Ich weiß genau den Platz. Näher zum Dorf hin, dort, wo der Hügel nicht mehr so hoch ist und bis zum Abend die Sonne hinscheint, da wird es stehen.« »Ich werde Klavierstunden geben, vielleicht kann ich Stricklehrerin werden«, sagte Lehrers Agnes. »Ich helfe auf dem Hof, und wenn die zukünftige Schwägerin ein Hausdrachen sein sollte, putze ich die Kirche oder helfe bei Anderleut«, sagte die Moosagnes. »Wir brauchen nie einen Mann«, das schworen sie beide und lachten und weinten dazu.

»Man weiß nie genau, welche du meinst«, beklagte sich ein Enkel bei der Erzählerin. Die Großmutter gab zu, daß sich die Leute damals auch schwer damit taten. Man sagte »die eine Agnes« und meinte damit die Bauerntochter. So war Lehrers Agnes »die Andere«. In der Gegend sagte man aber nicht »die Eine und die Andere«, sondern »die Ui und die Ander«. Eine Magd hatte schon vor Jahren ihre Rufnamen eingeführt, indem sie das »die« einfach wegließ und rief: »Ui, komm her!« Der Bub war noch da, er fand den Namen für seine Schwester herrlich, lachte höhnisch darüber und brachte ihn unter die Leute. »Andre« war für die Lehrerstochter nicht gut genug, alle Leute nannten sie weiterhin Agnes.

»Gehen wir noch zu Ui und Agnes«, sagte eine Horde Klosenmänner zueinander, nachdem sie in den Dörfern herumgerappelt waren. Zu den Moosmädchen gingen sie gerne. Sie wußten, daß Agnes wunderbare Niklausmänner gebacken hatte, »Tauet Himmel den Gerechten« auf dem Klavier spielte, und daß Ui recht lustig war mit ihnen. Außerdem waren keine Eltern oder Aufpasser im Haus. So gingen die Burschen auch nach dem Funkentreiben dorthin, wegen der guten Funkenringe und der lustigen Lieder, die Agnes spielte, und nicht zuletzt wegen der lustigen Ui zum Tanzen. An gewöhnlichen Sonntagen brachten die Buben sogar Mädchen mit. Dank Agneses Klavierspiel konnten sie singen und tanzen.

Manche Burschen verliebten sich in Agnes. So gute Springerle hätte mancher natürlich gern zu jeder Weihnacht gehabt. Sobald Agnes aber die Bevorzugung spürte, wurde sie abweisend. Sie lobte dann Ui, die noch viel bessere Ausstecherle backen könnte, wenn sie nur Zeit hätte. Oder wenn ein Junge etwa zum dritten Mal mit Ui tanzte, sagte diese, sie wolle jetzt lieber singen, sie möge nicht mehr tanzen. Natürlich bemerkten die Burschen, daß die beiden Mädchen anders waren. Sie konnten es aber nicht benennen. Sie sagten am Heimweg höchstens zueinander: »Da müßte man beide heiraten.« Da sie das nicht konnten, suchten sie sich andere Mädchen. So wurde es auf dem Mooshof stiller und stiller, und die Mädchen waren dreißig Jahre alt geworden.

Zu Lichtmeß hatten sie einen neuen Knecht eingestellt. Vom Moosbauern wußten sie, daß nur zu Lichtmeß und Martini ein Dienstbotenwechsel möglich war. Man konnte es eigentlich nicht als Wechsel bezeichnen; zum alten Knecht stellten sie einen jungen ein. Er kam aus einer anderen Gegend, und sie fanden seinen Dialekt lustig. Er sah zum Verlieben aus, mit schönem Gesicht und schwarzen Locken. Ja, er war bezaubernd. Er habe sich vorgenommen, das Leben leicht zu nehmen, und genauso fröhlich benahm er sich auch. Als die Bauerntochter sagte, daß sie Ui heiße, lachte er schallend über diesen lustigen Namen. Beide Mädchen waren bereits nach zwei Wochen in Gregor verliebt. Er selber war in Agnes vernarrt. Ob es die feinen Küchlein waren, die sie buk, oder ihr etwas feineres Aussehen, wußte er nicht – er konnte der Agnes einfach nicht widerstehen. Agnes, von knochiger Gestalt, hatte wenigstens einen kleinen Busen und Waden, beides fehlte dagegen bei Ui. Sobald Agnes Gregors Verliebtheit bemerkte, riet sie zur Heimlichkeit. »Ui darf das niemals merken«, denn Agnes wußte wohl, wie verliebt Ui in Gregor war. Agnes sagte zu Ui: »Der Gregor ist ein rechter Schlamper. Der Kittel und die Socken, alles liegt bei ihm durcheinander.» Und Ui sagte zu Agnes: »Der Gregor meint, er sei ein großartiger Bauer, dabei weiß er nicht, daß nach Klee Weizen gebaut wird.« Die Heimlichtuerei nahm zu. Gregor sah sich wachsam um, bevor er Agnes einen schnellen Kuß gab. Er mußte Ui etwas länger im Arm halten, wenn sie vom Heuwagen sprang und er sie auffing. Über ein Jahr lang dauerte dieser gespannte Zustand.

An einem Morgen – Gregor hatte die Nacht bei Agnes verbracht – drängte er: »Du mußt es Ui endlich sagen. Wir wollen doch heiraten.« »Nein, jetzt noch nicht – ich sehe doch, wie lieb sie dich hat. Im Sommer können wir sowieso nicht Hochzeit machen.« Gregor und Agnes waren beide traurig, obwohl sie glücklich waren. Ende Mai kam ein dicker Brief aus Amerika. Er enthielt ein amtliches Schreiben, auf dem ein Notar bescheinigte, daß der Bruder auf sein Erbteil verzichte. Im Brief schrieb er, seine Schwester Agnes solle den Hof übernehmen. Er selber sei die rechte Hand eines Fabrikanten und werde bald dessen Tochter heiraten. Sie lasen den Brief, Ui, Agnes und Gregor, eine ganze Woche lang. In der Nacht schlich Gregor zu Agnes: »Du mußt es ihr nun sagen. Wir beide werden weggehen, und sie kann sich einen Bauern auf den Hof holen.« Agnes weinte nur. »Dann sag ich es!« Da schluchzte sie noch viel mehr. Schließlich reichte es Gregor. Er stand auf, verließ das Zimmer und schlug die Tür laut zu. In dieser Frühsommernacht tobte ein schweres Gewitter. Es schlugen auch noch andere Türen. Als Gregor oben an der Treppe entlangschlich, kam Ui gerade herauf. »Warst du auf dem Abtritt? Ich kann auch nicht schlafen. Hab die Fensterläden festgemacht.« Dabei strahlte sie Gregor so sehr an, daß er nicht widerstehen konnte. »Gregor war auch nur ein Mensch«, bemerkte hier die Großmutter. »Du mußt es ihr sagen. Im Winter werden wir heiraten. Ich mag gern Moosbauer werden.« Aber Ui weinte noch viel mehr als Agnes, sie schluchzte, daß sie es noch nicht sagen könne, und bis zum Winter sei ja noch viel Zeit. »Und dann – soll sie denn bei uns als Magd sein?« fragte sie. Darauf wußte Gregor noch keine Antwort. Am anderen Morgen, auf dem nassen Kleeacker, sagte er zu Ui: »Ich hab nun endlich genug mit der Heimlichtuerei.« Ui, die von seiner früheren Liebschaft mit Agnes nichts wußte, meinte nur: »Du hast aber bald genug.« In der nächsten Nacht, es war die Nacht auf Sonntag, verlangte Gregor von Ui, daß sie es Agnes nach der Kirche sage. Diesmal weinte Ui so sehr wie nie zuvor, sie könne dies Agnes doch nicht antun.

In dieser Nacht schlug eine Tür, obwohl kein Sturm war. Und am andern Morgen war Gregor verschwunden. Die Moosmädchen konnten dies lange nicht begreifen. Sie wußten auch nicht, wohin er gegangen war. Dabei hätten sie nur überlegen müssen. Die ganze Woche hatte der Brief aus Amerika auf dem Klavier gelegen. Gregor hatte sich die Adresse notiert.

Die folgende Zeit lag Trauer über dem Mooshof, außerdem mußte streng gearbeitet werden, die Heu- und Getreideernte stand an, und dies ohne einen jungen Knecht. Gregor hinterließ eine schlimme Leere. Beide Mädchen wollten sich den Verlust aber nicht eingestehen und liefen nur stumm mit verweinten Augen umher. Als der Herbst näherkam, war Ui noch viel trauriger als Agnes. Die Lehrerstochter kochte ihr die besten Sachen und buk jeden Tag Zwiebel- oder Zwetschgenkuchen. Sie freute sich, daß Ui die Kuchen schmeckten, und wunderte sich, welche Mengen sie essen konnte, obwohl ihr die Tränen manches gute Stück versalzten.

Die Leute lachten über die Moosmädchen. Man sprach natürlich darüber – der Gregor hätte beide nehmen müssen, so sei er lieber gegangen. Dann spotteten sie über die Trauer der beiden, und im Herbst sagten sie zueinander: »Agnes und Ui setzen Kummerspeck an.«

Im November, als die strenge Arbeit nachließ, fuhr Agnes einige Male fort, ohne Ui zu sagen, wohin. Sie schilderte auf dem Schulamt ihre Lage: sie müsse fort vom Mooshof, damit ihre Ziehschwester einen Mann suchen könne. Man sah das ein, und der Schulrat kam Agnes entgegen, da sie ja eine Lehrerstochter war. Bis zum Frühjahr, zum Beginn des neuen Schuljahrs, hatte man ihr eine Stelle in der Stadt als Stricklehrerin versprochen. Bald mußte sie wieder dorthin, um sich eine kleine Wohnung zu suchen. Dabei gab es Schwierigkeiten, denn Agnes wollte das Klavier mitnehmen und Stunden geben. Einige Wochen vor Weihnachten erreichte die Heimlichtuerei den Höhepunkt: Agnes brachte ein großes Paket mit und zeigte nicht, was es enthielt. Sie versteckte den neuen Mantel und empfand dies als schweren Verrat. Immer hatten sie bisher genau dieselben Kleider gekauft. Am Weihnachtstag, nachdem sie Ui alles gesagt haben wollte, hatte sie vor, den eleganten Stadtmantel beim Kirchgang zu tragen. Ui wurde immer trauriger. Um so mehr Schnitzbrot und Springerle buk darum Agnes. Schließlich kam der Heiligabend, an dem Agnes reden wollte. Nachdem der Knecht und die Magd genug hatten mit Singen, Beten und Brötchenessen, sagte Agnes: »Ach Ui, ich muß dir etwas sagen.« Da fing diese überlaut an zu weinen, sie schrie beinahe: »Nein, ich muß es zuerst sagen. Siehst du es denn nicht – im Februar bekomme ich das Kind.« Agnes war wie gelähmt vor Schreck. Ui weinte immerzu. »Diese Schande, diese Schande«, schluchzte sie. Plötzlich konnte sich Agnes wieder rühren, dann lachte sie und sagte: »Mir hätte es ja genauso ergehen können.« Ui schaute überrascht auf: »Wolltest du mir das sagen?« Darauf erzählte Agnes, was sie im Sinne, ja, schon in die Wege geleitet hatte. Nun trocknete Ui ihre Tränen. Sie saßen lange beisammen. Nur als Agnes erneut »Gottes Sohn, o wie lacht« und vom lockigen Haar sang, mußten sie nochmals mit den Tränen kämpfen, weil beide an dasselbe Lockenhaar dachten. Nachher waren sie nur noch fröhlich. Agnes holte den neuen Mantel, den Ui probierte. »Daß ich nichts sah! Ja war es dir nie schlecht, hat es dir immer geschmeckt?« »Hast ja gesehen, daß ich für zwei gegessen habe.«

Zum Kirchgang zog Agnes den alten, weiten Mantel an. Sie zog auch zwei Unterröcke an und streckte den Bauch vor. Über den Kummerspeck der Moosmädchen konnten die Leute zwar spotten, doch nicht mehr über die Traurigkeit. Viele hatten gesehen und gehört, wie fröhlich sie mitsangen. Agnes sagte zum Schulrat: »Die Stelle kann man jemand anderem geben. Wir bekommen ein Kind.« Der Mann wunderte sich, weil die junge Frau so altmodisch sprach. Er schaute sie mitleidig an und dachte, es könne noch eine Weile gehen bis dahin. Er fragte aber freundlich, ob sie auf dem Hof bleiben dürfe. Agnes bejahte schnell und lief weg. »Sie schämt sich und paßt doch besser auf einen Bauernhof als in die Stadt«, ging dem Schulrat durch den Kopf. Auch die Mietswohnung sagte Agnes mit derselben Begründung ab. Der Vermieter meinte: »Es ist ein Wunder, daß du auf dem Hof bleiben kannst, sonst sind die Bauern nicht die besten.« Agnes mußte auch noch denselben Mantel bestellen und Windelstoff und feine Leinwand kaufen.

Im Februar fand die allgemeine Verwunderung und das

Lachen in der Gegend kein Ende. Anfangs wußte man, daß Ui das Kind bekam, denn die Hebamme erzählte es. Sie sagte aber auch, daß sie noch nie eine Frau gehabt habe, die ihr Kind so leicht und schnell bekam wie diese. Nur einige Wehen seien es gewesen, und nachher hätte Ui sofort wieder arbeiten wollen. Die Hebamme erzählte aber auch, daß sie noch nie eine solche Freude über ein Kind gesehen habe wie bei Agnes. Später vergaß man, wer das Kind geboren hatte. Ui konnte es nicht stillen, sie hatte zu kleine Brustwarzen und keine Milch. Die Hebamme erklärte Agnes ganz genau, wie sie den Haferschleim kochen müsse und wieviel Kuhmilch sie dazutun dürfe.

Im Sommer, bevor der kleine Gregor drei Jahre alt wurde, kam Besuch auf dem Mooshof an. Der Bruder aus Amerika und seine junge Frau wollten sie überraschen. Noch lange danach sprach man darüber, vor allem über seine Frau. Wie sie angezogen war und wie sie sprach! Der Bruder war ein recht geselliger Mann, er führte seine Frau gerne aus und prahlte auch gehörig damit, was er in der Neuen Welt alles erreicht hatte. Er wollte seiner Frau die Alte Welt zeigen, den schönen Bodensee, die Berge und die Kirche zu Weingarten. Ihr gefiel es jedoch auf dem Hof, den sie nicht verlassen wollte. Sie sagte, sie hätten drüben bestimmt größere Seen, höhere Berge und schönere Kirchen. Sie spielte nämlich nur mit dem Kleinen, in ihn war sie vernarrt.

Gleich am ersten Abend fing es an. Agnes und Ui waren nach der Ankunft der Amerikaner etwas bedrückt. Sie warteten auf einen Gruß von drüben, denn der Bruder hatte ihnen längst geschrieben, ein gewisser Gregor, der auf dem Mooshof Knecht gewesen sei, arbeite bei ihm.

»Er ist doch ein famoser Kerl, warum habt ihr ihn fortgejagt?« lamentierte der laute Bruder. Da drang aus der Kammer nebenan ein Kinderweinen. Agnes lief schnell; sie schlief bei dem Kind in der Kammer, denn Ui hatte in der ersten

Woche nach der Geburt gesagt: »Der Kerl läßt mich nicht schlafen, und ich muß doch um vier Uhr aufstehen.« Als nun Agnes mit dem Kind auf dem Arm hereinkam, meinten die Besucher, es gehöre ihr. Gregor klammerte sich an Agnes' Hals fest, der ungewohnte Lärm hatte ihn erschrocken, und nun fürchtete er die fremden Gesichter. Er machte ein Schnütchen. Die Frau lachte und beteuerte, sie habe noch nie ein so reizendes Kind gesehen. Sie gab ihm Schokolade, die Gregor mit großem Vergnügen aß. So schlossen die Frau und das Büblein am ersten Abend Freundschaft. Agnes wurde deswegen eifersüchtig, sie brachte das Kind, das sich heftig wehrte, in sein Bett zurück. Als Ui mit ihrem Bruder für kurze Zeit allein war, klärte sie ihn auf. »Um so besser«, lachte er und schlug mit der Faust auf den Tisch, »das alte Geschlecht, das alte Geschlecht, der Name pflanzt sich fort.« »Schade, daß der Vater es nicht erlebt hat«, sagte Agnes.

Die beiden Frauen spürten nie Eifersucht wegen des Kindes. »Gib der Mama ein Ale«, forderte Agnes den Kleinen auf, wenn er gar zu sehr mit ihr schmuste. »Geh zur Mama«, sagte Ui zu ihm, wenn er immer wieder mit ihr in den Stall wollte. Bei der Schwägerin konnten sie das Fest aber nicht brauchen. Der Bruder erzählte ihnen, daß sich seine Frau leider keine Kinder wünsche. Sie wolle etwas vom Leben haben, es genießen. Ui und Agnes waren dann beide froh, als der Besuch wieder abreiste.

Während der Anreise war es der Frau auf dem Schiff nicht übel geworden. Davon hatte sie stolz erzählt. Bei der Rückfahrt meinte sie aber, sterben zu müssen. Als sie in Amerika ankamen und die Übelkeit nicht nachließ, freute sie sich unbändig auf das Kind.

Der Fabrikant ließ seinen Angestellten Gregor zu sich kommen. »Ich habe dir Grüße auszurichten.« »Danke.« »Willst du nicht wissen, wie es ihnen dort geht?« »Nein.« »Sie haben doch ein zweieinhalbjähriges Kind.« Nun wurde

Gregor bleich. »Wie heißt es?« »Gregor.« »Ich meine den Nachnamen.« Der Fabrikant lachte nun laut und schlug Gregor die Faust in die Hüften. »Wir haben Glück! Das Geschlecht stirbt auf dem Mooshof nicht aus.« Der Mann schlegelte gerne, er schlug Gregor auch noch auf die Schultern und sagte dazu: »Mensch, wenn du imstande bist, ein Kind in die Welt zu setzen, das zwei Frauen närrisch vor Glück machen kann, dann mußt du noch mehr bekommen.« Gregor war nämlich seit seiner Ankunft in Amerika den Frauen aus dem Weg gegangen, er hatte sich geradezu in eine Abneigung gegen sie hineingesteigert. Sie würden einem Mann das Leben nur schwer machen sagte er, er bleibe lieber ledig. Dann besann er sich aber eines Besseren und gründete eine Familie. Seiner Lebtag wunderte er sich darüber, wie einfach es ist, eine Frau glücklich zu machen.

# Bücher

»Großmutter, erzähle doch wieder einmal von dem Hof, wo jetzt die Evangelischen sind, von der Nathalie, die nur Unglück hatte und sich aufgehängt hat!« »Das erzähle ich nicht gerne, und ihr habt es falsch verstanden. Die Nathalie hatte wohl Unglück, aber deswegen hätte sie sich nicht das Leben nehmen müssen. Die Menschen können vieles ertragen. Wenn man Gott vertraut und beten kann, übersteht man das schlimmste Unglück. Auch hilft die Zeit, die darüber vergeht, über alles hinweg. Wegen eines Unglücks begeht ein Mensch kaum Selbstmord, dies muß im Gemüt liegen oder die Schwermut ist vererbt worden. So war es bei Nathalie.«

Der Bruder ihres Großvaters hatte sich erhängt. Er lebte als Lediger ruhig und zufrieden auf dem Hof, und dann plötzlich das. Man begrub ihn noch außerhalb des Friedhofs. Von Nathalies Vater wußte die Großmutter dagegen mehr. Er soll ein sehr geachteter, gescheiter Mann gewesen sein. Wenn jemand Rat in Rechtsdingen brauchte, ging er zu ihm. Alle Leute wußten, daß er drei große Bücher besaß. Außerdem las er auch gerne im Kalender, im Sonntagsblatt und in der Heiligen Schrift. Am liebsten vertiefte er sich aber in die drei Bücher. Sie waren dick, in Leder gebunden. Niemand wußte, wo er sie herhatte und was drinstand. Abends, am Sonntag und während der langen Wintertage saß er mit seinen Büchern am Tisch. Er schloß sie aber stets in eine Schublade ein, wenn er genug gelesen hatte.

Auch seine Frau wußte nicht, was in den Büchern stand. Ihr war nur klar, daß es sich um keine Heiligenlegenden handelte. Darum schimpfte sie oft mit ihrem Mann: »Du hintersinnst dich noch.«

Die ersten drei Kinder starben den Eheleuten kurz nach der

Geburt. Solange so ein totes Würmchen noch im Haus war, brachte man den Bauern kaum von den Büchern weg. Aber dann kam die Nathalie. Sie war ein überaus schönes Kind, sein Vater vergötterte es. Sobald es zuhören konnte, las er ihm aus Kalendern Geschichten und Gedichte vor. Das kleine Mädchen lauschte ihm aufmerksam. Und als Nathalie zur Schule kam, sah man die beiden jeden Abend die Köpfe über das Lesebuch stecken. Während dieser ganzen Zeit war der Bauer fröhlich und schloß die Schublade mit den drei Büchern nicht auf.

Drei Jahre nach Nathalie war ein Sohn – Willibald – gekommen. Auch er überlebte. Er wollte aber dann nichts vom Vater hören, er sprang der Mutter nach, hierhin und dorthin, und er wollte in der Schule nicht lesen, so wenig wie daheim. Seiner Mutter gefiel das, doch seinem Vater blieb Willibald fremd.

Als Nathalie aus der Schule war, drängte sie den Vater, er solle sie in seinen Büchern lesen lassen. »Aber nur im ersten«, bedingte er sich aus und gab es ihr zögernd. Er bemerkte dann, daß Nathalie fast süchtig danach wurde, er nahm es ihr ängstlich wieder weg. Die Mutter schimpfte fürchterlich, wenn sie sah, daß Nathalie darin las. Nur mit dem Vater sprach sie manchmal darüber, was sie gelesen hatte, sonst erzählte sie niemandem, was in den Büchern stand.

Als der Bauer auf die Fünfzig zuging, wurde er immer stiller. Auf dem Weg zu den Feldern blieb er oft stehen, schaute auf den Boden oder in die Luft. An einem Weiher, der zum Hof gehörte, stand er besonders lange und schaute ins Wasser.

Je langsamer der Vater wurde, desto schneller wurde der Sohn. Man sah ihn fast nur im Laufschritt. Den Weg zur Kirche mochte niemand mit ihm gehen, man kam einfach nicht mit. Die Pferde hielt er stets im Trab oder gar im Galopp, selbst mit dem vollsten Heuwagen. Wenn auf der

Straße zur Mühle oder zur Stadt ein Fuhrwerk heftig rasselte, brauchte niemand aus dem Fenster zu schauen, wer das sei; man wußte es – es war der Willibald. Oder wenn er gar den Bullen zu einer Kuh brachte! Alles ging da in einem solchen Hui, Kuh und Bulle machten Sprünge; wer zusah, wunderte sich, daß alles gut ging. Selbst wenn er eine Sau vor die Ofenküche zum Schlachten trieb, mußte es ganz schnell gehen, als ob er dem Schwein kein Sekündchen länger das Leben gönnte. Sein Vater schaute ihn verständnislos, oft traurig an. Die Mutter lachte dazu, und Nathalie hieß ihn den Willischnell.

Als Nathalie sechzehn Jahre alt war, fand sie den Vater auf dem Heuboden am Balken hängend. Man beerdigte ihn innerhalb der Kirchhofmauern, und der Pfarrer lobte ihn sogar wegen seines guten Lebenswandels. Es müsse eine Krankheit in der Familie sein: Schwermut, Lebensmüdigkeit, Lebensüberdruß. Nathalie hatte lange Zeit nur noch das Bild des erhängten Vaters vor Augen.

Die Zeit verging, und Nathalie wurde immer schöner. Der Vater hatte ihr ein großes Vermögen vermacht. Sie sagte, sie wolle nie Bäurin werden, vielleicht gehe sie ins Kloster. Wenn sie den Mann treffe, der ihr passe, heirate sie, aber sie werde nur in der Stadt leben. Dort könne sie einen gepflegten Haushalt führen, außerdem habe sie dann auch Zeit zum Lesen. Mit den Kindern könne sie in einem Park spazieren gehen. Sie werde nur noch Gottesdienste besuchen, in denen schön gesungen werde, vielleicht ab und zu ein Konzert hören oder gar eine Aufführung im Theater anschauen. Die Leute meinten, Nathalie sei eingebildet oder hochmütig.

So wartete sie mit der Mutter zusammen, daß Willibald endlich eine Frau finde. Doch hier ging es bei ihm nicht so schnell wie sonst. Die Selbstmörder in der Familie schreckten die Mädchen der ganzen Gegend ab. Dabei war Willibald tüchtig und erfolgreich. Vor allem seine Viehzucht brachte viel Geld ein – das verstand er. Man hätte beinahe meinen können, seine Kühe hätten eine kürzere Tragzeit und beeilten sich besonders. Die Kälber wuchsen bei ihm schneller als anderswo. Wilibald hatte einen Freund, vielmehr einen Geschäftspartner, einen jungen Viehhändler. Er hatte viel mit ihm zu tun. Kurz vor Weihnachten sagte sein Freund Boos: »Ich komme oft auf einen großen Hof im Allgäu. Da haben sie eine Fehl!« Er lachte und erklärte, so sage man dort zu den Mädchen. Er habe den Leuten von Willibald erzählt. »Du wärst dort willkommen.« Also vereinbarten sie an diesem Abend, am Stefanstag dorthin zu fahren.

Schon vormittags, gleich nach dem Gottesdienst, begann die Reise. Boos hatte sein Pferd in den Stall gestellt, und Willibalds Pferdegespann war prächtig hergerichtet worden. Die Schlittenschellen hatte er glänzend poliert. Es lag viel Schnee und es herrschte eine klirrende Kälte, so daß sie mit dem Schlitten fahren konnten. Nathalie sah dem Gefährt nach. Die Sonne schien, der Schnee funkelte, und ihr war froh ums Herz.

Willibald ging es viel zu langsam, denn meist verlief die Strecke bergauf. Wenn aber eine Steige abwärts führte, dann – hü und hoi – im Karacho kamen sie voran. Schon eine Stunde fuhren sie so dahin. Boos kannte zwar die Straße, er reiste aber sonst mit dem Wagen, also nicht so schnell, und der Schnee veränderte zudem die Landschaft. Er warnte den Fahrer nicht vor dem starken Gefälle. Das Gefährt wurde immer schneller. Die Pferde, in heftigem Galopp, kamen unten bei der scharfen Kurve von der Straße ab, und der Schlitten prallte gegen einen Kilometerstein. Boos wurde weit in ein Schneefeld geschleudert, ihm tat nachher nichts weh. Willibald kam aber unter den umgekippten Schlitten zu Fall, die Pferde rasten weiter und schleiften ihn zu Tode.

Seine Mutter überlebte dieses Unglück nicht lange, schon im Frühling starb sie. Am meisten weinte Barbara, die Magd, die sie schon immer hatten. »Ach Nathal, nichts geht so, wie du es möchtest. Nun mußt du doch Bäurin werden«, schluchzte sie. Nathalie war wie erstarrt, sie redete kein Wort. Boos kam jede Woche einmal vorbei, denn er fühlte sich schuldig an Willibalds Tod. Er versuchte Nathalie aufzuheitern, er brachte jedesmal von den Märkten etwas für sie mit, auch Barbara ging nicht leer aus. Wenn er da war, konnten sie manchmal wieder lachen, denn Boos war ein rechter Spaßvogel. Er kannte Leute der ganzen Gegend und wußte allerlei zu erzählen, lauter lustige Geschichten.

Und dann nahm sich zur Verwunderung aller Leute Nathalie den Boos zum Mann. Er war jünger als sie und einen Kopf kleiner, sie paßten also äußerlich gar nicht zusammen. Sie war schlank, und er neigte zur Fülle. Außerdem kündigte sich bei ihm eine Glatze an. Daß er kein Bauer war, machte wenig aus, er kam im Land herum und verdingte die besten Knechte, die er gut bezahlte.

Nach der Hochzeit war Boos kaum häufiger auf dem Hof als vorher, brachte aber jedesmal von den Märkten in Kempten, Riedlingen und Ravensburg für seine Frau Süßigkeiten und Blusen mit. Barbara erzählte im Dorf, Nathalie lese nicht mehr in den großen Büchern. Sie war bald schwanger, doch nach dem dritten Monat hatte sie eine Fehlgeburt. Das zweite Mal dauerte es vier Monate. Das dritte Kind japste sogar ein bißchen vor seinem frühen Tod. Boos und Barbara trösteten Nathalie: »Beim nächsten Mal wird es etwas.« Sie wurde aber vorerst nicht mehr schwanger, nur etwas stiller und langsamer. Dann schloß sie die Schublade mit den Büchern wieder auf. Wenn sie abends allein über ihnen saß, kam Barbara und schimpfte, sie solle endlich ins Bett gehen.

Mit dreiundvierzig Jahren merkte Nathalie, daß sich wieder ein Kind in ihrem Bauch regte. Sofort schloß sie die Schublade zu, in der sie die Bücher verstaut hatte. Diesmal freute sie sich unbändig auf das Kind. Auch Boos war wie närrisch vor Freude und kaufte auf den Märkten Wäsche und Spielzeug für das Kleine. Sogar Schulranzen schaute er an. »Jetzt«, sagte Nathalie und legte Boos' Hand auf ihren Bauch, damit auch er spüre, wie das Kind zapple.

Es war noch vor der Zeit – Boos hatte noch einmal über Land fahren müssen – als die Wehen einsetzten. Die Hebamme schwitzte noch mehr als die Wöchnerin. Man holte den Arzt, doch er mußte das Kind Nathalie tot in den Arm legen.

»Wenn das kein Unglück ist!« sagte eine größere Enkelin und wischte sich die Tränen aus dem Gesicht. »Freilich war es ein Unglück«, sagte die Großmutter. Es hieß seinerzeit, daß man das Kind in Nathalies Tränen hätte baden können. Nach ein paar Tagen habe sie aber gesagt: »Es hat meinem Vater geglichen, vielleicht ist es besser so.« Der Boos trauerte noch mehr als seine Frau und klagte lange Zeit, ein größeres Unglück hätte sie nicht treffen können.

Nathalie sprach nämlich ihre Sätze gar nicht mehr zu Ende. Wenn niemand mehr wußte, wie der Anfang des Satzes lautete, beendete sie ihn unerwartet. Boos schaute sie oft ungeduldig an, schließlich blieb er immer längere Zeit fort. Die Leute sagten zu Barbara: »Mit der Nathalie wird es wohl so weit kommen wie mit ihrem Vater.« »Niemals«, wehrte Barbara ab. Sie verkrafte nur den Tod des Bübleins nicht, und wenn der Boos da sei, könne sie sogar lustig sein. Das stimmte aber nicht. Nathalie sagte manchmal, sie sei froh..., und fuhr nach langer Zeit fort, ... daß das Kind tot sei. Boos war ihr längst gleichgültig. Nun, Nathalie hielt sich lange Zeit sehr tapfer. Das Bild des erhängten Vaters schreckte sie jedoch immer wieder. Als sie in die Wechseljahre kam, saß sie immer länger, bis in die Nachtstunden hinein, über den Büchern. Barbara schimpfte, bettelte, flehte, sie solle doch ins Bett gehen.

Barbara stand jeden Tag früh auf. In der Stube auf dem

Tisch lagen die drei Bücher, eines war sogar aufgeschlagen. Beim Anblick der verhängnisvollen Bände wurde die Magd wütend. »Sie soll schimpfen, so viel sie will, sie kann mich sogar fortjagen. Mit den Büchern hat es nun ein Ende!« So redete sie vor sich hin und warf die drei Bücher ins Ofenfeuer. Sie hatte gemeint, daß die Bücher sofort lichterloh brennen würden. Aber das war nicht der Fall. Das Leder stank nur ein bißchen, und feiner Rauch kräuselte hoch. Barbara wollte ein Buch aufschlagen, damit das Feuer Nahrung bekomme, verbrannte sich aber die Finger. Sie nahm zornig den Schürhaken und stocherte herum. Aber auch die aufgeschlagenen Seiten mochte das Feuer nicht erfassen. Das Papier wurde grau und schwarz – alles hätte man noch lesen können –, und wie dünne Fahnen stiegen einzelne Blätter im Kamin auf, als wollten sie in die Welt fahren, um irgendwo weitere Unbill zu verkünden. Barbara schürte stärker, sie schlug auf die Bücher ein und riß Seiten aus dem einen Buch heraus, dem das Feuer noch nichts hatte antun können. Aber auch sie wirbelten zum Teil ganz unversehrt den Kamin hinauf. Ein Buch stellte sie auf wie ein Zelt, es trotzte dem Feuer nach wie vor. Barbara weinte immer mehr und schlug unablässig auf die Bücher ein.

In ihrem Zorn und ihrer Verzweiflung achtete sie nicht auf den Knecht, der mittlerweile in die Küche gekommen war. Von der Küche aus wurde nämlich der große Stubenofen geheizt. An einem anderen Morgen hätte er über Barbara gelacht. Ihr Gesicht war rot und schwarz, Tränen liefen über die verschmierten Wangen, und immerzu schlug sie auf die Bücher ein. Der Knecht schaute ihr eine Weile zu, er war totenbleich. »Die Nathalie«, sagte er nur.

Zwei Wochen waren schon seit ihrem Tod vergangen, als Barbara bemerkte, daß die Bücher immer noch nicht ganz verbrannt waren. Es war im Winter, jeden Tag hatte sie die Stube geheizt. Sie holte die drei schwarzen Klumpen aus der Asche. Viele Wörter hätte man darin noch lesen können.

Weder sie noch der Knecht konnten sich aber dazu entschließen. Sie hatten ein Loch hinterm Haus gegraben, in das sie die häßlichen Dinger warfen.

An jenem verhängisvollen Tag hatte man Boos leicht benachrichtigen können. Alle Leute wußten, wo er zu finden war. Er hatte in der Stadt eine Freundin, ein gutes Mädchen. Sie sah ihm so ähnlich, daß man glauben konnte, sie sei seine jüngere Schwester. Sie hatten zusammen einen Buben, den sie sehr liebten. Das Mädchen nahm die Schande auf sich und war trotzdem glücklich und zufrieden. Boos begann damit, am Stadtrand ein Haus zu bauen. Einige Jahre blieb es in halbfertigem Zustand, als ob es auf etwas warte. Das Mädchen lief manchmal darin auf und ab, den Buben auf dem Arm, und überlegte, wo Kinderzimmer und Wohnzimmer sein werden. »Haben die beiden ungeduldig auf Nathalies Tod gewartet?« wollte eine Enkelin wissen. Nein, das glaubte die Großmutter nicht. Boos wußte aber, daß es ein solches Ende nehmen würde. »Lebensmüde sein ist eine Krankheit«, sagte er, »und alle Krankheiten führen zum Tod.« Und er wußte, wie müde Nathalie war.

Er handelte inzwischen nicht nur mit Vieh, sondern auch mit Gurken und Obst. Die Bauern fingen an, Hopfen anzubauen. Dieser Handel brachte viel Geld. Schließlich stieg er sogar ins Immobiliengeschäft ein, kaufte Höfe und veräußerte sie wieder. Seinen eigenen wurde er nur schwer los, denn die Einheimischen wollten dort nicht leben. Aber einem aus dem Unterland, einem Evangelischen, machten die Erhängten nichts aus. Sein Geschlecht wirtschaftet heute noch auf diesem Hof.

»Diese Geschichte brauchst du uns nicht mehr zu erzählen«, seufzte ein Kind.

# Die Verrückte

»Das ist nun in dem Dorf gewesen, in das Pauline geheiratet hat, in dem also ich, eure Großmutter, aufgewachsen bin. Ich kann mich noch gut an die Frau erinnern, von der ich euch erzählen will.« Der Mann dieser Frau marschierte jeden Morgen, außer am Sonntag, um vier Uhr zum Bahnhof. Eine gute Stunde brauchte er dazu, und am Abend kam er immer erst bei Dunkelheit heim. Am Samstag war er schon etwas früher zu Hause, nachmittags um vier Uhr. Manche Leute mochten ihn nicht, weil er am Sonntag nicht in die Kirche ging. Andere werden sich gesagt haben, einen Tag in der Woche müsse er ja einmal ausschlafen. In der Stadt mußte er an einem glühenden Ofen in einer Fabrik schwer arbeiten. Trotzdem verdiente er nicht viel. Seine Frau half darum bei den Bauern aus. Man mochte sie gerne, denn sie war still und fleißig, vor allem sah sie sehr nett aus. Ihre Augen waren groß und glänzend, sie schaute ganz verträumt. Der junge Mann hatte sie von weither gebracht. Manchmal, etwa einmal im Monat, war die Frau nicht da, wenn er in der Nacht heimkam. Sein Essen stand aber auf dem Herd, und sein Vesperbrot für den nächsten Tag lag eingewickelt auf dem Tisch. Der Mann wußte, daß sie am andern Abend wieder da sein wird. Anfangs hatte er gemault wegen diesem Fortlaufen, sie konnte es aber nicht lassen.

Sie kam aus Schussenried, und immer wieder sehnte sie sich nach diesem Ort zurück. Ihr Heimweh wurde dann so schlimm, daß sie es nicht mehr aushielt; in regelmäßigen Abständen zog es sie dorthin. Sie verließ das Haus dann gleich nach ihrem Mann und lief zum Bahngleis. Mit der Bahn war sie hergekommen, und so wußte sie, daß sie dem Gleis entlang auch nach Schussenried kommen wird. Auf dem Weg neben den Gleisen durften aber nur Bahnangestellte gehen, und regelmäßig schimpften die Bahnwärter bei Oberzell, Mochenwangen und Durlesbach mit ihr. Sie lief dann ein Stück weit auf einer nassen Wiese und kletterte wieder über die Schottersteine zum Weg neben dem Gleis. Den Städten Ravensburg und Aulendorf wich sie aus, sie wußte bald die besten Abkürzungen, um wieder auf die Gleise zu treffen. Die Eisenbahner gewöhnten sich schließlich an die junge Frau, die mit raschen Schritten ging, und ließen sie laufen. Zehn Stunden brauchte sie etwa, nachmittags um drei Uhr kam sie in ihrem Heimatort an. Der Vater sagte: »So, bist wieder da.« Die Mutter fragte: »Kriegst noch kein Kind?« Der Bruder sagte: »Er wird dich wieder schimpfen.« Es war nicht der Empfang, der die Frau immer wieder an den Ort ihrer Kindheit führte. Ihr Elternhäuschen lag auf einem kleinen Hügel, und von der Bank hinter dem Haus sah man in weite Moorwiesen. Da saß sie den ganzen Abend, und am Morgen ging sie wieder zurück.

Das Heimweh ließ erst nach, als sie rasch hintereinander zwei Kinder bekam. Nun schenkte sie ihnen ihre übergroße Liebe, zu der sie fähig war. Man sah die Frau nur noch mit ihren Kindern. Das eine trug sie auf dem Rücken, das andere führte sie an der Hand. Keine Arbeit tat sie, ohne die Kinder bei sich zu haben. Bis in den Winter hinein ging sie in den Wald, um Holz und Reisig zu sammeln. Die Kleinen waren warm ins Leiterwägelchen verpackt. Wenn sie vor dem Einbruch der Dunkelheit heimkam, sah man ihre kleinen Begleiter kaum zwischen den Holzprügeln und dem Reisig. Keines von ihnen hatte man bei ihr je weinen hören, nur lachen und juchzen. Die Leute sagten, die Frau habe eine Affenliebe zu ihren Kindern. Und andere meinten gar, das sei nicht normal, bei ihr stimme etwas nicht. Dabei tippten sie mit dem Zeigefinger an die Stirn. Dann beobachteten die Leute, daß der Mann nicht mehr zufrieden mit seiner Frau war: er ging jeden Sonntag in die Kirche und anschließend zum Frühschoppen. Auch am Samstagabend saß er im Wirtshaus und erzählte trübsinnig: »Jetzt kommt bald das dritte Kind, dann habe ich überhaupt keinen Wert mehr.«

»Ja, sorgte sie denn gar nicht mehr für ihn?« fragten die Kinder die Großmutter. »Doch, doch, sie stand vor vier Uhr auf und richtete Frühstück und Vesper.«

Das dritte Kind war ein Bub, ein besonders großer und zappeliger. Als sie es einmal wickelte, schrie plötzlich der Älteste. Er hatte seinen Kopf zwischen zwei Stuhlstäbe gezwängt. Sie lief schnell, um ihn zu befreien. Sie hatte jedoch nicht bedacht, daß das sechs Wochen alte Kind sich schon so gut bewegen konnte: es fiel vom Tisch und brach sich das Genick. Den ganzen Tag wiegte die Mutter das tote Kind und wollte es stillen. Bevor es dunkel wurde und der Mann zurück kam, lief sie in den Wald. Sie erschien nicht zur Beerdigung, und auch nach acht Tagen war sie immer noch nicht da. »Sie ist zu ihren Eltern nach Schussenried gegangen«, sagten sie. Aber dort war sie nicht. Sie strich nur in den Wäldern herum. Und als sie endlich nach dieser Woche zurückkam, sah sie verwildert aus. Ihre schönen Augen schauten gehetzt umher. »Ich habe das Ernstle gesucht. Man hat es in den Wald geworfen.« Sie sprach irr, und die Kinder wichen vor ihr zurück. Der Mann fragte seine Schwester, eine Näherin, die stets über seine Heirat geschimpft hatte, ob er mit den Kindern zu ihr kommen könne. Manchmal ging auch die Verrückte dorthin, besonders im Winter. Sie erkannte aber den Mann nicht mehr, auch die Kinder nicht. Wie von weit her schauten ihre Augen sie an. Mit niemandem sprach sie richtig. Nach einigen Stunden wurde sie unruhig, und nachdem sie sich am Ofen aufgewärmt hatte, murmelte sie: »Das Ernstle friert im Wald.« Immerzu Selbstgespräche führend und gestikulierend, lief sie dann ganz rasch durch das Dorf. Jedesmal wenn man sie sah, hatte sie es eilig.

»Ja, wo wohnte sie denn?« fragte ein Enkel. Die Großmutter sagte, damals habe es bei den Höfen viele Schuppen und Anbauten gegeben. Auch auf den Feldern standen Hütten mit Heu- und Strohvorräten. Darin machte sie sich ein Nest. Im Winter schlief sie auf den Heuböden über den warmen Kuhställen. Der Urgroßvater erschrak eines frühen Morgens, denn als er die Leiter zum Heustock hinaufstieg, sprang die Verrückte wie eine Katze hinunter auf den harten Tennenboden. Ein normaler Mensch hätte sich dabei den Fuß gebrochen, meinte er.

»Hat sie recht verwahrlost ausgesehen?« Das verneinte die Großmutter. Durch den ständigen Aufenthalt im Freien blieb ihre Haut frisch und braun. Ihre schönen Augen glänzten immer, nur schaute sie nun irr und fremd. Die schwarzen Haare hatte sie zu einem Zopf geflochten, der ihr bis zu den Hüften reichte. Von weitem habe sie wie ein junges Mädchen ausgesehen, viele Jahre lang. Vom raschen Gehen und vielen Klettern blieb sie schlank.

Als an einem schönen Junimorgen der Urgroßvater zum Mähen ging, jagte sie ihm wieder einen Schrecken ein. Zuerst meinte er, im Bach bade eine Nixe. Dann sah er aber, daß es die Verrückte war, die da planschte. Ihre Wäsche und Kleider lagen zum Trocknen am Ufer. Er sagte später zu Pauline, so eine schöne Frau habe er noch nie gesehen. Pauline wird ein böses Gesicht gemacht haben.

Die Verrückte war immer ordentlich angezogen. Der Mann kaufte guten Stoff. Er wolle ein Kleid, dem die Dornen die Fäden nicht ausziehen können, sagte er im Stoffgeschäft. Die Verkäuferinnen lachten nachher über den seltsamen Kunden und sagten zueinander, in einem Kleid aus solchem Stoff gehe man doch nicht in die Dornen. Zur Schwägerin, der Näherin, kam die Verrückte, wenn ihr Kleid geflickt werden mußte oder es im Herbst zu leicht war.

»Wo hat sie für sich gekocht?« Das tat die Verrückte nie.

Kein einziges Mal hat man gesehen, daß sie ein Feuer gemacht hätte. Darum duldeten die Bauern auch, daß sie in ihren Scheunen hauste. In ihrer Kleidertasche bewahrte sie stets Weizenkörner auf, die sie kaute. So lief sie umher. Im Sommer hatte sie es leicht, überall konnte sie Obst auflesen. In den Wäldern sammelte sie Beeren, sie kannte die besten Plätze. Wenn sie nicht alle aufessen konnte, brachte sie sie schüsselweise den Bäurinnen, namentlich denen, bei denen sie vorher ein Ei gestohlen oder auf der Wiese die Kuh gemolken hatte, vom Euter in den Mund. Sie hungerte sicher manchmal, doch nur in der schlimmsten Not bat sie um ein Brot. Die Frauen gaben ihr dann auch warmes Essen. Sie schickten aber ihre Kinder aus der Stube, man ließ sie nicht gerne in ihre Nähe, da man wußte, wie verzweifelt sie all die Jahre ihr Kind suchte.

Auf einem Anwesen in der Nähe des Dorfes hatte ein Ehepaar schon vier Mädchen bekommen. Die Bäurin sagte: »Und wenn ich zehn bekommen muß, ich gebe nicht nach, ich will einen Sohn.« Das fünfte Kind war schließlich einer. Die Frau ließ eines Tages Speck aus. Das Schmelzen ist eine aufregende Arbeit, da muß man ganz dabeisein. »Schaut nach dem Büble«, rief sie ihren Mädchen zu. Die Größeren bastelten für die Kleinen Fasnachtshüte. »Wo ist das Büble?« rief sie nach einer Weile wieder. Die Mädchen schnipfelten und falteten. »Muß ich vom heißen Schmalz weglaufen?« schimpfte sie dann, denn sie war unruhig wegen des Kindes, das eben Laufen gelernt hatte. Das größte Mädchen legte gerade unwillig die Schere weg, als die Verrückte mit dem Kleinen kam. Sie trug es umgekehrt, den Kopf nach unten, aus dem Mund lief ihm Wasser und Schlamm. »Das Ernstle hat man in den Wald geworfen, nicht ins Wasser«, murmelte sie, »ich muß es suchen«, und lief eilig davon. Der Kleine hatte ein rotes Kittelchen an, darum war er ihr im Wasser, am Rand des Weihers, aufgefallen. Zum Glück arbeitete auf dem

Anwesen ein beherzter Knecht. Er saugte dem Kind Mund und Nase aus und blies ihm Luft ein, bis es anfing zu schreien. Wenn die Verrückte später an diesem Haus vorbeihastete, lief ihr immer ein Mädchen mit einem warmen Küchlein nach.

Viele Jahre vergingen. Im Dorf lebten jetzt auch Leute, die nichts von der Verrückten wußten. Eine Kinderhorde machte sich einen Spaß daraus, ihren irren Reden zuzuhören und darüber zu lachen. Ein besonders freches Mädchen sagte zu ihr: »Du spinnst im höchsten Grad, ein Kind suchen, das schon seit dreißig Jahren tot ist! Geh doch zu deiner Tochter, da hat es genug Kinder.« Die Bande lachte und tanzte um sie herum. Als die Kinder es wieder einmal zu weit mit ihr trieben, packte sie die Anführerin, um sie gehörig zu schütteln. Sie hatte die Freche am Hals erwischt, und das Kind lamentierte laut wegen der blauen Flecken. Der Lehrer setzte durch, daß man die Verrückte in eine Anstalt sperrte. In der Gefangenschaft kämpfte sie wie eine Wilde um ihre Freiheit. Aber man dachte wohl, sie habe keinen Verstand zu verlieren. Im darauffolgenden Sommer entwischte sie ihnen und lief wieder murmelnd durch die Dörfer, so rasch, als habe sie etwas verloren oder vergessen.

Das Seltsame war, daß sie dann immer wieder in die Anstalt zurückging. Im Winter blieb sie ganz dort. Ihre Sommer im Wald und in den Heuschobern wurden immer kürzer. Dann sah man sie nicht mehr. Die Verrückte erreichte ein hohes Alter in der Anstalt. Als sie starb, wurde sie nicht auf dem Anstaltsfriedhof beerdigt. Da dreht niemand den Kopf oder senkt ihn gar wegen einer Beerdigung. Sie wurde auf dem richtigen Friedhof bei der Dorfkirche begraben.

Ein netter Pfarrer erwies ihr die letzte Ehre. Von ihrer Person sprach er kaum. Nur über die Mutterliebe predigte er, was sie für eine Macht sei, ohne die das Menschengeschlecht längst ausgestorben wäre.

So großartig beendete die Großmutter diese Geschichte.

# Pauline

Die Kinder bettelten immer wieder, mehr von der Urgroßmutter hören zu dürfen. »Ich habe doch schon oft von ihr erzählt«, sagte die Großmutter. »Alles durcheinander – einmal sitzt sie als kleines Mädchen am Bahndamm, dann gibt sie dem Josi ein Vesper oder sie verbindet einem Bettler den Hintern.« Die Großmutter erzählte ungern aus Paulines späterem Leben, weil das ja auch das ihre war.

Also, begann sie schließlich, Pauline ging gerne von dem Gasthaus fort. Aber nachher hatte sie immer wieder Heimweh. Nicht so sehr nach ihrem Elternhaus, dort wohnten ja bald fremde Leute. Viel stärker sehnte sie sich nach dem Dorf mit seinen Menschen. Der Hof ihres Mannes lag ganz am Ende der Ortschaft. Pauline war hier nicht mehr in der Mitte des Dorfes, und das schmerzte sie. Wenn das Heimweh nicht mehr nachlassen wollte, ging sie auf die oberste Schütte und schaute von dort zum Fenster hinaus nach Norden. Sie sah dabei natürlich das Heimatdorf nicht, aber in die Richtung mußte sie schauen.

Wenn Anna in der Vakanz bei Pauline war, um ihr über das Heimweh hinwegzuhelfen, jammerte sie dieser vor, daß hier jeder seiner Wege gehe und die Nachbarn sich nicht umeinander kümmerten. »Das kommt daher, weil hier jeder noch reicher sein möchte als der andere«, meinte Anna. Paulines Mann war sogar einer der reichsten Bauern. Er besaß einen ganzen Sack voller Goldstücke. Manchmal kam er abends aus dem Wirtshaus, wo sie mit ihrem Reichtum prahlten, und holte den Sack. Er reihte am Tischrand ein Goldstück an das andere. Sie reichten leicht ringsherum, obwohl sie an einem riesengroßen runden Tisch saßen. Im Geflacker der Petroleumfunzel sah der Goldkranz schön aus.

Aber Pauline hatte nichts davon, nicht einmal ins Gasthaus durfte sie. Das gehörte sich damals für Frauen nicht. Der Urgroßvater dagegen kam oft dorthin, denn er hatte in der Gemeinde die wichtigsten Ämter inne. Er sah, wie sehr Pauline Gesellschaft fehlte, denn er hatte Pauline gern, am liebsten, wenn sie lustig war und lachte. Darum bat er seine Freunde, sie sollen doch abends zu ihnen kommen, um mit Pauline Karten zu spielen. Wenn ein Handwerksbursche um ein Stück Brot vorsprach, fragte sie ihn, ob er ein bißchen mit ihr binokeln wolle. Das sprach sich natürlich bei den Gesellen herum. Auch Männer aus der Umgebung, die nicht so gerne arbeiteten, kamen immer häufiger, schon am hellen Nachmittag. Pauline schenkte Most ein, und dann ging es lustig zu. »Hat der Urgroßvater nicht geschimpft, mußte sie nicht aufs Feld?« fragten die Kinder ihre Großmutter. Nein, Pauline ging nur in den Stall, wenn sie wollte. Ihr Mann hatte genug Geld, um sich Mägde leisten zu können.

Die ersten Kinder waren Buben: der Baptist wurde an Neujahr geboren, der Hannes an Silvester, beide im selben Jahr. Pauline liebte sie abgöttisch. Als die Buben drei und vier Jahre alt waren, spielte sie schon mit ihnen Würfel und Karten.

Nun senkte die Großmutter plötzlich ihre Stimme und schaute dabei nur die großen Mädchen an. Außer den beiden Buben, so erzählte sie, hatte Pauline ein Mädchen, den Hubert und einen kleinen Leo, also fünf Kinder. Eines Tages nahm sie an einer Wallfahrt nach »Maria Einsiedeln« in der Schweiz teil. Bei der Hinfahrt war sie guter Dinge und lachte über die gekochten und ungekochten Erbsen in den Pilgerschuhen. Natürlich beteten die Dorffrauen auch den Rosenkranz. Am Wallfahrtsort drehten alle die Köpfe zum Beichtstuhl hin, in dem Pauline beichtete. Sie verstanden zwar nichts, doch hörten sie ein zorniges Geschimpfe, weswegen sich Pauline besonders schämte. Der Geistliche war ein strenger Herr, der Pauline sofort nach der Zahl der Ehejahre und der Kinder fragte. Da sei es aber höchste Zeit, mehr zu bekommen! Pauline lachte fast: sie wolle nicht mehr Kinder. »Dann lebt ihr also enthaltsam?« Nun lachte sie richtig. Pauline hatte, verglichen mit anderen Bauersfrauen, etwas Weltmännisches an sich, weil sie in einem Wirtshaus aufgewachsen war und stets mit Männern zu tun hatte. Dem Gestrengen kam ihre Antwort vielleicht frech vor. Sie war auch nicht auf den Mund gefallen: »Nein, das gewiß nicht«, gluckerte sie, »ich weiß aber die Tage.« Der Pfarrer verdonnerte und verfluchte sie. »Welch ein Übermut, die härtesten Strafen Gottes hast du zu gewärtigen! Höre auf, in solcher Sünde zu leben!« Bei der Heimfahrt sprach Pauline kaum, sie war wie verdattert. Erst in der Nähe der Heimat lebte sie wieder auf. Sie wird gedacht haben: »Was weiß der Mann denn von einer Familie.«

Als aber Pauline heimkam, war der kleine Leo todkrank. Schon als sie wegfuhr, hatte er Schnupfen. So ganz ohne Mutter hat er ihn nicht verkraftet. Er starb, kaum war sie da, an einer Lungenentzündung. So lustig wie vor dem Tod ihres Sohnes ist sie nie mehr geworden. Sie wußte oder zählte auch keine Tage mehr. Es kamen dann noch drei Mädchen und zuletzt wieder ein Sohn. »Ja, acht waren wir. So viele Kinder hatte man in vielen Häusern«, sagte die Großmutter.

Die beiden ersten Buben waren sehr gescheit, der Lehrer wunderte sich, wie gut sie rechnen konnten. Doch das war kein Wunder: wer mit vier Jahren schon bis hundertundeins rechnet, würfelt und mogelt, wird mit sechs auch zwei und zwei zusammenzählen können! Nach Leos Tod spielte Pauline nur noch mit ihren Söhnen Karten. Die gescheiten Buben schickte der Urgroßvater dann in die höhere Schule in die Stadt. Die war nicht allzuweit weg, und das Schulgeld konnte er leicht bezahlen. Für die Mädchen brachte das Vorteile mit sich: sie lernten ebenfalls die Gedichte kennen und lasen die herrlichen Geschichten in den Schulbüchern der Brüder. Sogar die englischen und französischen Wörter eigneten sie sich durchs Abhören an. Die Großmutter konnte das Gedicht vom Tyrannen immer noch ohne zu stocken hersagen. Der Baptist und der Hannes lernten aber in der Stadtschule auch Lausbubenstreiche. Pauline verheimlichte sie vor dem Urgroßvater. Wenn dieser wollte, daß sie auch auf dem Feld helfen sollten, sagte sie, die Buben müßten doch studieren.

Hubert dagegen ging dem Urgroßvater zur Hand, er war von klein an ein fleißiger Bub. Er sollte der Bauer werden. Stets hilfsbereit und ein guter Kerl, mußte er seine Schwestern oft vor den großen Brüdern beschützen. Baptist war geradezu ein Bösewicht. Im Alter von vierzehn Jahren jedoch geschah Hubert das Unglück. Die Häckselmaschine riß ihm den rechten Arm bis zum Ellbogen ab. Sein Vater fuhr mit ihm sofort zum Doktor in die Stadt – nicht einmal gejammert habe Hubert. Als sie wieder heimkamen, war Pauline nicht mehr da. Man fragte in allen Häusern und suchte sie im Wald. Es sah so aus, als ob es für den Urgroßvater nur dann ein Unglück wäre, wenn man Pauline nicht oder tot fände. Am andern Tag entdeckte er sie nach langer Suche bei Anna. Sie ging mit, obwohl sie selber kleine Kinder hatte, um Pauline beizustehen. Der Arzt, dem etwas an Huberts Stummelwunde nicht gefiel, schnitt das vorstehende Fleischstück einfach weg. Nun schrie Hubert, daß man es im ganzen Dorf hörte, und Pauline wollte wieder weglaufen. Nachher sagte Anna zu Hubert: »Du darfst es die Mutter nicht inne werden lassen, wenn du Schmerzen hast.« Von nun an war Hubert tapfer. Er lernte mit der linken Hand schreiben. Hannes, der die Lernerei längst satt hatte und dem es vor der Reifeprüfung grauste, hatte nämlich gesagt: »Einen einarmigen Bauern gibt es auf der ganzen Welt nicht«, er wolle nun Bauer werden. So ging Hubert an dessen Stelle in die Stadtschule. Seine Mitschüler wollten ihn zuerst hänseln, da er in diesem Alter in der ersten Klasse saß, aber bald halfen sie ihm, weil sein rechter Arm fehlte. Nach dem Unglück wuchs er keinen Millimeter mehr, er blieb ein kleines Männchen.

Baptist bestand seine Reifeprüfung nur mit knapper Not, vielleicht nur deshalb, weil sein Vater ein angesehener Mann war. Danach wollte er zum Telegraphendienst, ein damals neuer und interessanter Beruf. Am Abend vor der Aufnahmeprüfung für diesen gehobenen Dienst betrank sich Baptist ordentlich. Er brachte dann rein gar nichts zuwege, so gut er sonst auch rechnen konnte. So laut hat man den Urgroßvater noch nie toben hören: Er warf seinen ältesten Sohn aus dem Haus. Allerdings warf er ihm auf Paulines Bitten und Weinen einige Handvoll Goldstücke nach. Nachdem Baptist einige Monate fort war – sie wußten nicht wo –, kam ein junges Mädchen aus der Stadt zu ihnen. Es weinte und sagte, es bekomme von ihm ein Kind. Pauline hätte am liebsten gesagt, das könne nicht sein. Doch der Urgroßvater holte wortlos den Goldsack und zahlte das Mädchen aus. Die Großmutter machte an dieser Stelle ein unwilliges Gesicht: »Er hat ihr viel zu viel gegeben. Von uns Mädchen bekam keine ein solches Vermögen. Sie hat in der Stadt mit einem Bäckergesellen ein Geschäft anfangen können.« Vom Baptist hörten sie dann viele Jahre nichts, und schließlich kam er als gebrochener Mann zurück. »Nun, ihr wißt ja, was aus diesem Onkel geworden ist. Pauline konnte nie Baptist sagen, ohne daß ihre Lippen zuckten.«

Urgroßvaters kleinster Sohn, Bruno, war sein Liebling. Auch er konnte mit drei Jahren schon rechnen, doch ohne daß Pauline mit ihm Karten gespielt hätte. Bruno könne leicht bis Hundert rechnen, prahlte der Urgroßvater einmal im Wirtshaus. Seine Freunde lachten. Sie meinten, es sei eine der üblichen Aufschneidereien und spotteten, der Kerl werde so gescheit sein wie Baptist. Der Hohn seiner Freunde ärgerte den Urgroßvater so sehr, daß er eine Wette abschloß: Bruno rechne die Zeche vom ganzen Tisch zusammen. Wenn er einen Fehler mache, bezahle er sie und eine Extrarunde dazu. Am nächsten Sonntag durfte Bruno mit in die Kirche und anschließend ins Wirtshaus. Dort bediente schon jahrelang eine Kellnerin, deren Haar so schwarz wie das einer Zigeunerin war. Allerorts wurde sie nur die »Schwarze« genannt. Ihr machten die Bauern heimlich klar, daß sie ein bißchen mehr berechnen solle. Entweder wollten sie den dreieinhalbjährigen Buben verunsichern oder eben die Zeche bezahlt bekommen. Kellnerin und Bub rechneten. Sie mit Zettel und Bleistift, er im Kopf: acht Wecken, zwei Brezeln, fünf Schoppen... Die Kellnerin nannte den Betrag: »Beschissen hast, Schwarze«, sagte Bruno triumphierend und schlug die Faust auf den Tisch. Bruno und Hubert lernten also eifrig und bestanden ihre Prüfungen gut. Bruno wurde in der Großstadt ein reicher Bankherr. Hubert war zwar sein Untergebener, doch mochten sie sich wie Freunde und hatten zufriedene Familien. Der Großmutter sah man an, daß sie auf ihre noble Verwandtschaft stolz war.

»Euer Großvater mochte aber den Bruno nicht. Er ärgerte sich, weil dieser mit einer Unmenge Geld umging, er selber aber nie welches hatte. Er hieß ihn Geldzähler und Schreibersknecht.« Wenn er mit seiner hoffärtigen Frau zu Besuch kam, war Großvater unfreundlich. Eines seiner Kinder spürte, wie unwillkommen die Besucher waren, und als die prächtige Tante vor ihrem Bruno zur Tür hereinstolzierte, sagte es: »Tante Thilda, wann gehst wieder?« Hubert und seine Familie waren beim Großvater aber gern gesehene Gäste.

»Und ihr Mädchen?« wollte ein Enkel wissen. »Wie es mir ging, wißt ihr ja.« Mit seinen Töchtern machte der Urgroßvater manches falsch. Pauline kümmerte sich nicht viel um sie, nur um die Buben. Nichts fürchtete der Urgroßvater mehr, als daß eine seiner Töchter ledig bleiben müsse. In einer vorherigen Generation hatte es da ein abschreckendes Beispiel gegeben.

Darum wurde sie, die Großmutter, in ganz jungen Jahren verkuppelt. Sie hatte im Dorf einen Schatz gehabt, einen lustigen Kerl, der sie in den Arm nahm und küßte, sooft die Gelegenheit bestand. Eine Woche vor der Hochzeit, als sie ihren Bräutigam zum drittenmal sah, sagte sie zu ihm: »Ich weiß ja nicht, ob du mich magst.« »Das werde ich dir dann schon zeigen«, brummelte er.

Rosa, die Jüngste, konnte Englisch und Französisch verstehen, weil sie Hubert und Bruno bei den Hausaufgaben geholfen hatte. Sie war ein besonders gescheites, schönes Mädchen und wollte Lehrerin werden. Das ließ der Urgroßvater aber nicht zu. Das Studium koste Geld. Dann heirate sie und alles sei umsonst gewesen, befürchtete er. Lehrerinnen durften damals nicht verheiratet sein. Er schickte Rosa ein paar Jahre lang in eine höhere Töchterschule, dann suchte er ihr einen Lehrer und meinte, das laufe für sie, die so hoch hinaus wolle, auf dasselbe hinaus.

Die junge Pauline mußte einen Wirt, einen Witwer, heiraten, der vier rotznasige Kinder hatte. Sie wehrte sich arg dagegen, doch kam sie nicht gegen den Dickkopf des Vaters an. Die ganze Woche vor der Hochzeit leckte Pauline Schwefelhölzchen ab, in der Hoffnung, daß der giftige Schwefel sie krank werden oder gar sterben lasse. Die Stiefkinder mochten aber ihre junge Stiefmutter, sie putzten sich ihr zuliebe sogar die Nase. Außerdem bekam sie selber ein paar prächtige Kinder. Der Wirt war nur in nüchternem Zustand unangenehm, und das kam selten vor; er wurde nicht alt. So hat Pauline, die junge, doch ein erfülltes Leben gehabt. Sie schlug der alten Pauline nach und wurde eine gute, lustige Wirtin.

Anna kam am schlechtesten weg. Sie war nicht so stark wie ihre Tante und heiratete einen Ratschreiber, weit weg im

Badischen. Ihr Mann hielt sich meist im Rathaus auf. Anna starb fast vor Heimweh, weil die Leute anders redeten als sie. Sie mußte das kleine Gut, das zur Ratschreiberei gehörte, allein umtreiben und nebenher fünf Kinder großziehen. Sie waren noch unmündig, als der Ratschreiber und bald danach Anna starben. Die Kinder sind in alle Winde verweht worden.

»Ja, und was ist denn aus Urgroßvaters Goldsack geworden?« Er wurde immer leichter: Schulgeld, Doktorrechnungen, Alimente, Hochzeiten und Mitgiften zehrten an ihm. Hannes war dann ein fortschrittlicher Bauer. Zu Ausgaben für den Hof öffnete der Urgroßvater den Sack gerne. Als er das Anwesen seinem Sohn übergab, war der Sack leer.

An einem Morgen wachte die Großmutter auf und dachte: »Pauline.« Zum Großvater sagte sie, sie wolle vor dem Melken zur Bahn laufen, sie müsse die Mutter besuchen. »Gerade heute, wo wir so viel Arbeit haben. Pauline ist ja nicht krank. Am Sonntag spanne ich an«, bruttelte er. Sie ließ sich aber nicht abhalten und weckte ihre großen Mädchen, um ihnen zu sagen, wie sie die Kälber und die Kinder zu versorgen hätten. Als die Großmutter einige Eisenbahnstationen weiter ausstieg, sangen an dem wunderschönen Maimorgen viele Vögel, und der Kuckuck schrie. Sie hatte sich vorgenommen, den dreiviertelstündigen Weg den Rosenkranz zu beten. Aber ihre Gedanken blieben nicht bei den Nöten, deretwegen sie beten wollte, sondern sanken in ihre Kindheit zurück. Greifbar nahe stand ihr vor Augen, wie sie mit den Geschwistern diesen Weg gegangen war. Der Urgroßvater und Pauline lebten im Ausdinghäuschen. Zu ebener Erde lag der Schweinestall. Eine schmale Treppe führte zu zwei gemütlichen kleinen Kammern hinauf. Ein Abort war oben, aber keine Küche. Zum Essen gingen sie vom Häuschen zum Hof hinüber und holten es oder man brachte es ihnen. Die beiden hörten die Tochter nicht kommen. Pauline lag tatsächlich im Bett. Sie dirigierte gerade den Urgroßvater vor dem offenen Schrank herum. »Gut, daß du kommst, der Vater kennt sich im Weißzeug nicht aus«, sagte Pauline. »Sie hat ein bißchen Grippe. Ich hole ihr Kaffee, sie hat Durst«, sagte der Urgroßvater und stieg die Treppe hinunter. Nun beschrieb Pauline erneut, was sie brauchte: ein frisches Unterhemd und den neuen Bettkittel samt der dazugehörigen Spitzenhaube. »Ihr habt doch ein sauberes Nachthemd an.« Aber eigensinnig und ungeduldig, wie Pauline war, riß sie an diesem herum. Als beim Aus- und Anziehen die Großmutter Paulines Haut berührte, wunderte sie sich, wie kalt und naß sie war. Und steif saß sie da, wie eine Holzpuppe. Beim Aufsetzen der Haube wunderte sie sich, wie heiß die Haut im Gesicht war. Die Großmutter trat einen Schritt zurück und betrachtete ihr Werk. Die Sonne schien zum Fenster herein, gerade auf Pauline, und sie sah schön aus mit den Silberhaaren und den roten Backen. »Jetzt seid Ihr aber schön!« Da sagte Pauline: »Nobel muß die Welt zugrunde gehen«, und beide lachten herzlich. In dem Moment kam Rosa, die gewußt hatte, daß Pauline erkältet war, und brachte den Kaffee herein. Sie und der Urgroßvater hatten nicht gehört, was Pauline gesagt hatte, aber sie haben das Lachen gesehen. Und wie es stehen geblieben ist auf Paulines Gesicht.

»Alle sind schon lange tot, nur ich kann nicht sterben«, sagte die Großmutter und tat so, als ob ihr das gar nicht recht wäre.

Die Kleinen gingen jetzt zum Spiel, die Größeren zur Arbeit.

## MUNDARTBEGRIFFE

Abtritt = Toilette
Ale = Liebkosung (Wange an Wange)
allweg = so und so
aushausen = verschwenden
aussegnen = hier: Segen des Priesters nach dem Wochenbett

Bernerwagen = gelber Stadtwagen
Birlinge = kleine Heuhaufen bei der Heuernte
Bo = Getreidestock (nicht über dem Viehstall)

Chrise = Kirschen

Doten = in Fächer unterteilte Kästen für verschiedene Getreidesorten

Fallendes Weh = Epilepsie
flattieren = schön tun, schmeicheln
fernd = letztes Jahr, vor Jahren
Fest = hier: zärtliches Miteinander

Gaißhütchen = alte Birnensorte
Ganter = Miste für Schweinetransport
Gatter = Umzäunung
Glufenkopf = Stecknadelkopf
Gofen = unartige Kinder
Gotte = Taufpatin
Grisch = fein gemahlene Getreidehülsen
Gspusi = Liebschaft
Guckel = Papiertüte

Hack = Habicht
Heckel = kleiner Getreidewisch
Heublumen = Samen vom Heu
hofrecht = hier: frech, anmaßend

Jochen = hier: kurze Prügel, um Windachse zu drehen

Kirbe = Kirchweih
Klosenmänner = Nikolausmänner
Krätte = Korb
Kunde = hier: Bettler, Streuner (Schimpfwort)

Leich = Beerdigung
Loß = Mutterschwein

Mangold = Stengelgemüse
Marennest = Vorratsnest, ursprünglich für Birnen

Pfründnerin = Frau mit Einkommen aus Hofübergabe

Rälle = Kater
Rufen = getrocknete Pusteln
Runkeln = Rüben

Sach = Anwesen, Besitz
Schiblinge = rote Würste
Schochen = große Heuhaufen zum Aufladen
Schopen = Kittel
Schotten = hier: Molke
siech = Schimpfname für bös, durchtrieben
Stör = Handwerksarbeit im Hause des Auftraggebers
stupfen = leicht anstoßen

Ungrechetes = hier: abgelegene, unfruchtbare Gegend
Urbet = Stock (Boden) oberhalb der Tenne

verganten = Hof wegen Schulden verpfänden
verstillen = still werden
verlochern = ein verendetes größeres Tier begraben

Weinzapfen = alte Birnensorte
Wiesbaum = Stamm über beladenem Heuwagen
wieslos = hier: altersbedingt vergeßlich
Windachse = Winde, um Wiesbaum festzubinden
Wittfelder = alte Birnensorte

Ziefer = Federvieh
Zundenessen = Vormittagsvesper